일렉트릭 스테이트

THE ELECTRIC STATE

시몬 스톨렌하그 Simon Stålenhag

이유진 옮김

여러분,

모두 잘못 알고 있어요.

십 대 소녀가 말했다.

그 사람은 시를 단 한 편 썼을 뿐이에요.

잃어버린 사랑을 노래하는 시였지요.

그 사람이 어디 있는지 저는 알아요.

누구를 여러분이 찾는지 저는 알아요.

그 사람은 어느 날 제 시선을 끌었던 유일한 사람이었어요.

감각도 생명도 없는 이 풍경을,

제가 바라보았을 때 말이에요.

그 사람은 아직 바람에 너울거리는 나뭇가지였지요.

지금은 사라진 새가 그 나뭇가지에 앉아 있었어요.

여러분은 계속하겠지요.

여러분의 왕이 앉을 자리를 계속 만들겠지요.

그 사람은 절대로 그 자리에 앉지 않을 거예요.

절대로.

브루노 K. 외이예르(Bruno K. Öijer),

「절대로(Aldrig)」 마지막 연 (시집 『은처럼 검은(Svart som silver)』(2008)에서 발췌)

전쟁은 드론 조종사들의 승리로 끝났다. 그들은 7년 넘게 치러진 전략 게임에서 무인 병기들이 실제로 전투를 벌인 현장과는 멀리 떨어진 통제실의 남녀 군인들이었다. 연방군 조종사들은 퇴근길에 시리얼을 서른 가지나 고를 수 있었던 교외의 신규 단독주택 단지에서 아쉬울 것 하나 없는 삶을 살았다. 드론 기술은 우리를 개죽음에서 구해주어 칭송받았다.

그에 따른 부수적 피해는 두 가지였다. 불운하게 십자포화에 희생당한 민간인들, 그리고 전쟁 기술의 신에 바쳐져 사산된 연방군 조종사의 자식들.

모드 6

새로운 경험이 도래합니다.

1996년 11월 1일

SENTRE

*모드 6는 센터(SENTRE) 자극 장치의 전 기종과 호환됩니다.

센터-접속을 유지하세요

DEATH VALLEY NATIONAL MONUMENT
AND VICINITY
BLACKWELT EXCLUSION ZONE
BLACKWELT PACIFICA
MOJAVE
DESERT
Stovepipe Wells
UBEHBE PEAK
MARBLE CANYON
STOVEPIPE WELLS
CHLORIDE CLIFF
BIG DUNE
DEATH VALLEY
PANAMINT
AMARGOSA
Death Valley
Panamint Springs
DARWIN
PANAMINT BUTTE
EMIGRANT CANYON
FURNACE CREEK
RYAN
ASH MEADOWS
Death Valley Junction
Darwin
RANGE
COSO PEAK
MATURANGO PEAK
TELESCOPE PEAK
BENNETTS WELL
FUNERAL PEAK
EAGLE MTN
STEWART VALLEY
PAHRUMP
Shoshone
MOUNTAIN SPRINGS CANYON
TRONA
MANLY PEAK
WINGATE WASH
CONFIDENCE HILLS
SHOSHONE
Tecopa
TECOPA
HORSE THIEF SPRINGS
SHENANDOAH PEAK
Trona
Westend
Primm
RIDGECREST
SEARLES LAKE
WINGATE PASS
QUAIL MTS
LEACH LAKE
AVAWATZ PASS
SILURIAN HILLS
KINGSTON PEAK
CLARK MTN
ROACH LAKE
Nipton
15
Halloran Springs
Johannesburg
Red Mountain
CUDDEBACK LAKE
PILOT KNOB
COLDSTONE LAKE
TIEFORT MTS
RED PASS LAKE
BAKER
HALLORAN SPRING
MESCAL RANGE
Baker
Cima
BORON
FREMONT PEAK
OPAL MTN
LANE MTN
ALVORD MTN
CAVE MTN
SODA LAKE
OLD DAD MTN
KELSO
MID HILLS
North Edwards
Kramer Junction
Lockhart
Kelso
Boron
68
Hinkley
Barstow
Yermo
Lenwood
KRAMER
HAWES
BARSTOW
DAGGETT
NEWBERRY
CADY MTS
BROADWELL LAKE
KERENS
FLYNN
COLION WELL
Hodge
Dagett
Newberry Springs

미국 퍼시피카, 모하비 사막
1997년 봄

5월은 먼지의 시간이다. 옅은 안개 속에서 세찬 바람이 윙윙 쉭 쉭 소리와 함께 풍경을 가로질러 커다란 회갈색 먼지층을 옮기고 는 부풀다 가라앉는다. 끊이지 않는 소음 속에 떠돌다 시나브로 쌓여서 너울거리는 모래 언덕과 모래 파도로 자라날 때까지, 먼지 는 지면 위를 미끄러지고 크레오소트 관목들 사이를 지나서 계속 움직인다.

한때 등대지기들은 너무 오랫동안 바다에 귀를 기울이면 안 된다 는 경고를 받았다. 정신이 나가버리거나, 잡음 속에 숨어 있는 목소 리를 듣는 수가 있기 때문이었다.

누군가 감지했다가는 돌이킬 수 없는 악귀들을 심연에서 소환할 코드가 그 잡음에 담겨 있기라도 한 것처럼.

바람 소리는 더 이상 들리지 않았다. 어깨는 무거운 산탄총을 메서 아팠고 두 발은 내 몸이 아닌 듯 기계처럼 움직였다. 내 정신은 아득히 공상 속으로 달아나 방황하고 있었다. 소스트의 강변 파라솔 아래에 있는 테드를 생각했다. 양팔 가득 커다랗고 알록달록한 새들을 품고 누운 채로 꿈을 꾸고 있는 테드. 테드의 입술이 움직였다.

입안에서 물컹한 것이 느껴졌다. 나는 멈춰 서서 잿빛의 걸쭉한 침한 덩이를 뱉어냈다. 스킵이 내게로 다가와 바닥에 떨어진 그 덩어리를 바라보았다. 털북숭이 애벌레처럼 생긴 덩어리였다. 나는 그걸 발로 밟았다. 모래에 스며들게 짓이기려고 했지만 고작 기다란 스파게티 가닥처럼 돌돌 말리기만 했다. 스킵이 나를 쳐다봤다.

먼지야. 나는 말했다.

나는 배낭에 들어 있던 수통을 꺼내 입을 헹궜다. 그리고 여러 번 침을 뱉었다. 다시 배낭을 메는데 저 멀리 무언가 눈에 띄었다. 작은 낙하산처럼 바람에 부푼 분홍빛 천 조각이 어느 모래언덕에 붙거져 나와 있었다. 나는 그리로 가서 한쪽 발로 그걸 쿡 쑤셔보았다. 팬티였다.

그 분홍빛 팬티는 근처 주차장에 서 있던 검은 올즈모빌 세단의 루프 박스에서 날아온 것이었다. 루프 박스가 바람에 열려 옷가지가 주차장에 흩어져 있었다. 먼지만 빼면 올즈모빌은 온전해 보였다. 타이어도 바람이 빠지지 않았고, 등도 깨지지 않았으며, 창도 멀쩡했다.

값비싸 보이는 차 옆에는 나이가 지긋하고 틀림없이 부부로 보이는 차의 주인들이 모래 위에 아무렇게나 드러누워 있었다. 뒷좌석에는 길쭉한 골판지 상자가 두 개 있었고, 온통 자잘한 원통 모양 스티로폼 충전재 천지였다. 그 점을 빼면 차 내부는 관리가 잘 되어 있었다. 나는 현금이 있기를 바라며 부부의 주머니를 뒤졌다. 여자의 주머니는 비어 있었지만, 남자의 왼쪽 주머니에는 차 열쇠와 접힌 봉투 하나가 있었다. 봉투 안에는 뭔가 끄적여 놓은 도시의 지도 하나, 10달러 지폐 한 장, 센터 사의 자극 TLE 두 대를 사고 받은 영수증 하나, 그리고 캐나다 입국 허가증으로 보이는 종이가 두 장 있었다. 나는 운전석에 앉아서, 열쇠를 꽂고 돌렸다. 엔진은 윙윙거리는 전자음을 내뱉고는, 쿨럭거리다가, 시동이 걸렸다. 계기판 디지털 기호들이 켜졌고, 시계 소리를 흉내 낸 전자음이 딩동 울렸고, 속도계 아래 디스플레이에 초록빛으로 **안녕하세요**라는 글이 떴다. 나는 몸을 숙여 운전대에 입을 맞추었다. 운이 좋으면 우리가 태평양까지 가는 여정 동안 내가 운전하게 될 마지막 차일 거라는 생각이 들었다.

월터, 자네가 전에 나한테 물었지. 그들이 그 애를 뭐 때문에 필요로 하는지. 그 소년을 말이야. 그 답을 사실대로 말했다가는 정신 나간 소리로 들릴까 두려워. 어떻게 해야 자네가 이해하도록 이 일을 설명할 수 있을까?

뇌가 어떻게 작동하는지 아나? 뇌와 의식이 어떻게 작동하는지에 관해 우리가 무엇을 아는지 자네는 짐작하나? 내가 말하는 '우리'란 바로 인간들이야. 난 뉴에이지 어쩌고 하는 말장난이 아니라 숙련된 과학자들이 300년 넘게 고된 실험과 엄정한 이론 심사 끝에 구축해 놓은 지식의 총체에 관한 이야기를 하는 거야. 무엇이 옳은지 알아내고 그것을 실제와 부합하지 않는, 뇌와 의식에 관한 모든 잡다한 사론들로부터 구분 짓기 위해 사람 머리 속을 실제로 쑤셔보고, 인간 행동을 연구하고, 실험을 수행해서 획득하는 지식 말이야. 나는 지금 뉴로닉 전쟁, 뉴로그래프 네트워크, 그리고 센터 사의 자극 TLE 같은 것들을 초래한 뇌 관련 지식을 이야기하고 있어. 그에 관해 자네는 정말로 얼마나 알고 있나?

내가 보기에 자네는 여전히 그 모든 일에 관해 전형적인 20세기식 관점을 벗어나지 못했어. 자아는 어떤 식으로든 뇌에 있어, 마치 눈 뒤의 조종석에 앉은 작은 조종사처럼. 이른바 '자아'란 우리의 기억과 강력한 감정, 그리고 우리를 울게 만드는 그런 일의 혼합체이며, 그외 모든 것 또한 뇌 속에 있다고 자네는 믿을 거야. 자네가 근육이라고 배운 심장 안에 있다면 아주 이상할 테니까. 하지만 동시에 자네는 그 모든 것이 자네라는 사실, 자네의 생각, 경험, 지식, 취향, 그리고 의견이 자네 두개골 안에 모두 들어 있다는 사실을 납득하기 힘들어 하지. 그래서 자네는 그런 문제들을 곱씹는 대신 '뭔가 더 있을 텐데.'라고 생각하며 막막한 어둠 속을 부유하는 투명한 기체 같은 물질의 흐릿한 상(像)에 만족하곤 해.

아마도 자네는 결코 말로 옮기지도 못하겠지만, 우리 둘 다 자네가 영혼의 원형을 생각한다는 걸 알아. 자네는 보이지 않는 유령의 존재를 믿고 있어.

나는 엔진을 공회전시킨 채로 앉아서 스킵의 지도를 살펴보았다. 길쭉한 손가락처럼 바다로 튀어나와 있는 곳의 바로 코앞, 샌프란시스코 메모리얼 시티에서 조금 북쪽에 있는 바다에 스킵이 그려놓은 빨간 동그라미가 보였다. 곶 끄트머리에는 스킵이 빨강으로 범벅을 해 놓은 작은 동네 '포인트 린든'이 있었다. 그리고 지도 귀퉁이에 클립으로 고정된 것이 있었다. 주소가 밀 로드 2139번지인 주택을 소개하는 부동산 중개업체 안내서였다.

우리가 지금 어디에 있는지 정확히 알아내기는 매우 힘들지만, 나는 퍼시피카 주 경계 바로 서쪽 어딘가에, 아마도 15번 주간고속도로 근처에 있지 않을까 추정했다. 요즘 동남부 퍼시피카의 도로는 먼지 때문에 대부분 이용 불가능한 상태일 테지만, 나는 서쪽의 대도시와 인구 밀집 지역은 정말이지 할 수 있으면 피하고 싶었다. 우리는 문제를 한 번에 하나씩 해결했다. 우선은 도로가 좋아질 때까지 그저 서쪽으로 가는 수밖에 없었다. 운이 좋으면 북쪽으로 이어진 395번 국도가 열려 있을 것이고 어쩌면 시에라 네바다의 동쪽, 시골 지역을 통과해서 북쪽으로 올라갈 수도 있다. 그렇게 할 생각이다.

15번 주간고속도로는 부드러운 먼지층에 덮여 알아보기 힘들었고 시야는 몹시 나빴다. 이따금 버려진 차들이 차로에 불쑥 나타나는 바람에 시속 40킬로미터 이상으로는 차를 몰 엄두가 나지 않았다. 앞으로 몸을 숙이고 앉아서 먼지 아래의 도로 경계선을 분간하는 데 집중해 보려 했지만, 곧 맥이 빠졌다. 나중에 오후가 되자 바람이 거세져 폭풍이 멎기까지 기다리는 것 말고는 다른 선택지가 없을 정도로 시야가 나빠졌다. 나는 첫 번째 진출로로 빠져서는, 휴게소 같은 곳에 차를 세웠다. 밖에서는 덤불들이 바람에 사납게 흔들리다가 물결치듯 거세게 휩쓸고 가는 먼지와 모래 속으로 사라져 아무것도 보이지 않게 되었다.

우리가 잠이 들 무렵, 차는 울부짖는 암흑에 에워싸였다. 차가 바람에 덜컹댔고 나는 거인의 뱃속에 누워 있는 꿈을 꿨다.

아침에 깨어보니 바람은 잠잠했고 차 밖에는 거대한 노란 오리가 여럿 보였다. 순간 나는 오리들이 밤새 폭풍에 실려온 게 아닐까 생각했지만, 우리가 잠을 잔 곳은 알고 보니 일종의 사격장이었다. 오리들은 모두 다양한 종류의 대구경 탄환 세례로 만신창이였다.

버려진 사격장을 몇 시간 동안 뒤진 끝에, 우리는 공구가 빠짐없이 들어찬 공구 상자 하나와 절반 정도 남은 산탄 상자 하나를 찾아냈다. 공구 창고 안 매트리스에는 웬 물체 하나가 누워서 휘둥그레진 눈으로 천장을 바라보고 있었는데, 자작 성인용 로봇처럼 보였다. 큰 얼굴에 나 있는 붉게 칠한 입이 어둠 속에서 공허하게 벌어져 있었다. 그 구멍에 쑤셔박혔던 모든 걸 떠올리자니 얼굴이 찌푸려졌다. 나는 조심스럽게 셔츠 소매로 로봇을 잡아 옆으로 돌려 눕혔다. 공구 상자에서 꺼낸 십자드라이버로 등쪽 뚜껑을 열고 대형 바나듐 레독스 흐름 전지(VRFB, Vanadium Redox Flow Battery) 3개를 꺼냈다. 전지는 따뜻했다.

차로 돌아온 나는 시동을 걸려다 문득 멈추었다. 찜찜한 생각이 들었기 때문이다. 나는 안전벨트를 푼 다음 산탄총을 집어 들고 차에서 내렸다. 스킵에게 안에서 차 문을 잠그고 나오지 말라고 일러두고는 조심스럽게 차 문을 닫았다. 그리고 사격장으로 되돌아갔다.

사격장 시설 맞은편에 있던 쓰러져가는 캠핑카에서 로봇 주인을 찾아냈다. 뉴로캐스터를 쓴 채 누워 있던 주인은 텁석부리 합죽이였는데, 숨을 헐떡였고 몸은 뼈와 거죽만 남은 채 오그라져 있었으며, 차 안에는 악취가 풍겼다. 팔에 꽂힌 관은 수액 거치대를 지나 누런 점액이 들어 있는 천장의 커다란 탱크까지 연결되어 있었다. 노인은 움직일 능력이 전혀 없었으며, 얼마나 오랫동안 그렇게 누워 있었는지도 들을 방법이 없었다. 나는 침대 밑 유리 단지에 돌돌 말려 있던 200달러를 찾아내 가지고 나갔다.

차로 제한 지대를 벗어나는 데 이틀이 걸렸다. 노상 장애물을 지날 때 눈에 띄는 일은 없도록 피하고 싶었다. 그래서 바스토까지 마지막으로 남은 거리를 운전하기 위해서 한밤중이 되기를 기다렸다. 거기서 395번 국도로 꺾어 들어가 북쪽으로 가기 전에 연료를 채우고 먹을 것을 살 수 있기를 바랐지만, 최근 수년 동안 가뭄이 서쪽을 휩쓸며 바스토를 온통 초토화했다. 먼지와 모래는 시내 깊숙이까지 들어갔다. 카트를 끌며 모래언덕을 지나는 노숙인 몇 사람을 빼면 도시는 완전히 황폐했다. 우리 차에 연료를 채우려면 모하비까지 가는 수밖에 없었는데, 그곳은 이 정도면 갈 만하구나 싶은 지점에서 서쪽으로 수십 킬로미터나 더 떨어져 있었다.

차는 해구 속의 잠수함처럼 사막의 밤을 미끄러지듯 나아갔다. 우리가 지평선에서 모하비의 불빛을 보았을 즈음에 시계는 새벽 3시 반을 가리키고 있었다. 나는 도시에 다가갈 때 전조등을 끄고 할 수 있는 한 천천히 차를 몰았다. 노상 장애물에 달려 반짝이는 노란 등이 보이자 갓길에 차를 세우고 엔진을 껐다. 잠든 스킵을 깨울 수밖에 없었다. 스킵은 일어나 앉아서는 오랫동안 창밖을 바라보았다. 나는 노상 장애물을 치워야 하니 도와 달라고 설명했고, 그 후 우리는 차에서 내려 수백 미터를 걸어가며 노상 장애물을 함께 옮겨서 차가 지나길 공간을 가까스로 마련했다. 차로 그곳을 지난 다음 모두 원래 자리로 옮겨놓았고 도시에 들어가서야 비로소 전조등을 켤 엄두가 났다.

우리는 도시 외곽에서 주차장을 한 곳 찾아내 차를 세웠다. 뒷자리에 누워서 눈을 감았을 때, 나는 폭풍이 거대한 갈색 면직으로 된 벽처럼 우리 뒤편으로 멀어지는 광경을 보았다.

나는 모하비에서 당장 급한 일을 최대한 처리했다. 옷을 빨았고, 먹을 것을 샀으며, 차에 연료를 넣고 세차를 했다. 그리고 스킵에게 줄 만화책 몇 권과 함께 키드 코스모 피규어도 찾아냈다.

사람들이 도시에서 빠져나가고 있었다. 짐을 잔뜩 실은 차가 사방에 보였다. 침대나 소파, 대형 텔레비전 따위가 트레일러와 승용차의 지붕에 단단히 묶여 있었다. 식료품 상점은 손님들로 미어터졌으며 진열대는 이미 싹쓸이 상태였다. 길게 줄지어 선 사람들은 불안과 걱정으로 몸을 덜덜 떨며 마치 약탈이 일어나기를 기다리듯 서로를 곁눈질했다.

아내와 아이들을 동행한 채 군중을 밀어제치며 앞으로 나아가는, 초조한 배불뚝이 남자들이 사방에 보였다. 전자제품 상점 바깥에는 자동화기와 워키토키, 방탄조끼로 무장한 십 대 소년 한 무리가 보였다. 소년들은 진지하고 근엄하게 보이려고 애썼지만, 부자연스러운 표정은 도무지 숨길 수 없었다. 그래도 소년들은 그 일을 좋아하는 듯 보였다.

나는 잠시 햄버거 가게 바깥에 혼자 앉아서 사과 파이를 한쪽 먹었다. 가게 입구 앞에 설치된 노란 에어바운스에서 지루하게 혼자 위아래로 방방 뛰는 소년을 빼면, 바깥 자리는 텅 비고 조용했다. 나는 소년이 바지에 오줌을 쌌다는 사실을 알아챘다. 짙은 얼룩이 가랑이 한쪽을 따라 신발까지 쭉 번져 있었다. 소년이 나를 쳐다보자 우리 둘의 눈길이 마주쳤다. 소년은 활짝 웃었는데 또래 아이들보다 이가 더 많이 빠져 있었다.

나랑 점프하자! 소년이 외쳤다.

나는 주위를 둘러보았다. 우리 둘뿐이었다.

엄마 아빠는 어디 있니? 내가 물었다.

어디나 있어. 소년이 답했다.

전쟁 중에 나는 사람이 총에 맞는 광경을 보았어. 그 친구 이름은 피터였는데 우리는 포트 헐 기지의 B 막사 뒤편 테라스에 앉아 담배를 피우며 '라자냐' 이야기를 하던 중이었지. 피터는 라자냐를 좋아했는데, 베샤멜소스 조리법을 한창 이야기하다가 총에 맞았어. 누구도 눈치채지 못한 사이에 ALA의 검은 전투함 한 척이 지평선 저 멀리에서 모습을 드러내며 올라왔던 거야. 세 발짜리 점발사격이었는데, 그중 두 발은 우리 뒤에 있던 콘크리트 벽에 맞았지만 세 번째 탄환이 피터의 코 옆, 광대뼈 바로 안쪽에 맞았어. 쓸데없이 자세히 말하고 싶지는 않지만, 지금 제일 중요한 건 이 세계의 물리적 현실을 속속들이 아는 거니까 그냥 참고 듣도록 해. 전투함이 발사한 건 무척 특수한 탄이었어. 초당 3,500미터 이상의 속도로 날아가는 네오디뮴 자석 탄환이었지. 탄환은 피터의 얼굴을 입 위쪽으로 하나도 남기지 않고 날려버렸어.

사격 직후, 나는 그 자리에 웅크려 내 눈앞의 판석 바닥에 잔뜩 튀어 있는 분홍빛 쪼가리들을 바라보았어. 그리고 기지의 경보 시스템이 채 울리기도 전에 이런 생각을 했지. 저기 있구나! 그러니까 베샤멜소스 조리법 말이야. 하지만 아무리 용을 써서 피터의 두개골이었던 구덩이에 저 쪼가리들을 모두 다시 집어넣는다고 해도 조리법은 영영 잃어버린 거란 말이지. 피터의 라자냐는 사랑, 증오, 불안, 창의성, 예술, 그리고 법과 질서와 마찬가지로 그 분홍빛 덩어리 속에 어떤 정교한 방식으로 존재했던 거야. 그건 우리를 늘씬하게 생긴 침팬지 이상의 존재로 만든 전부였어. 그런데 그게 판석 위에 흩뿌려지고 인간이 지닌 어떤 기술로도 다시 맞출 수가 없었던 거야. 믿기 힘든 일이었지.

내 유물론적 계시는 그렇게 찾아왔어. 내가 하려는 말은 우리가 라자냐라 부르는 건 실제로는 뇌의 물리적 부분과 그 부분들이 조립되는 과정 사이의 어딘가에서 일어나는 현상이라는 거야. 누구든 라자냐가 그 이상의 의미를 가진다고 주장한다면 뇌의 복잡성과 다양하게 조립할 수 있는 뇌의 구조를 과소평가한 거야. 그게 아니면 라자냐라는 현상 자체를 과대평가했든가.

우리는 도시를 떠나 사막에 들어섰다. 모하비 북쪽 395번 국도는 황무지와 다를 바 없이 차가 없었으며, 자로 그은 일직선처럼 광막한 불모의 풍경을 가로질렀다. 창밖 풍경에 나는 뒤숭숭한 기분이 들었다. 고작 2~300미터 앞도 시야 확보가 안 되는 블랙웰트 악지(惡地)에서 3주를 보낸 후, 우리는 갑자기 커다란 공동(空洞) 안에 뚝 떨어져 있었고, 차는 거대한 흰 종이를 가로지르는 검은 곤충처럼 기어갔다.

나는 전에 여기 온 적이 있었다. 열네 살이었을 때 위탁부모인 테드와 버짓이 바로 이 사막을 가로지르는 자동차 여행에 나를 데리고 갔다. 둘은 나에게 카메라를 사 주었는데, 약간의 예술적 창조성이 나에게 도움이 될 것이라고 믿는 듯했다. 그러나 내가 제일 먼저 한 생각은 도로에서 로드킬 당한 동물의 사진 연작을 만드는 것이었다. 그러나 버짓은 '파괴성에 관한 내 병적 망집'이 여행을 망치게 내버려 두지 않았다. 차에 치인 코요테 한 마리를 발견한 내가 차를 멈추길 원했을 때 버짓이 썼던 표현이 그랬다.

우리가 다 함께 시간을 보내고 서로를 알아가면서 즐겁게 지내는 것이 그 여행의 요점이었기 때문에 나에겐 헤드폰을 쓰는 것조차 허락되지 않았다. 버짓은 계속 라디오 볼륨을 낮추고 사람들이 뉴린(생체조직이 부패할 때 형성되는 시럽 모양의 유독성 액체로, 생선 비린내가 남. ─ 옮긴이) 중독에 환장하기 시작한 이래 퍼시피카가 어떻게 몰락했는지 들려주려 했다. 버짓은 자기 존중과 책임감에 관한 이야기를 아주 많이 했고 중독자들은 대개 그런 자질이 없다고 이야기했다. 예컨대 우리 엄마 같이.

나는 눈을 감고 버짓의 얼굴을 갈기는 환상에 빠졌다. 아마도 버짓의 눈알을 파버리는 환상이었을 것이다. 나는 버짓을 발로 차서 빠르게 달리는 차 바깥으로 밀어버리고 싶었다. 그러는 대신 나는 바깥의 사막 풍경에서 가장 먼 점에 시선을 고정해 버렸다.

나중에 우리는 어느 국립공원에 들렀다. 선물 가게 바깥 뜰에 있는 좌석에는 나처럼 생긴 금발 십대 소녀들과 테드와 버짓처럼 생긴 다른 엄마 아빠들이 가득 앉아 다들 서로에게 짜증을 내고 있었다. 그들은 재킷이 어떻다, 유모차가 어떻다, 언제 뭘 먹을 것인데 그게 너무 비싸다 하며 말다툼을 벌였다. 버짓이 음식을 주문하러 간 사이, 내가 테드에게 머리를 흑발로 염색하고 싶다고 했더니 그는 자기가 1960년대에 장발을 했던 이야기를 들려주었다. 우리는 비틀스가 커트 코베인에게 어떤 영향을 주었는가에 관한 담소까지 나누었다. 그때 버짓이 음식을 갖고 돌아오자 테드가 '미셸한테 흑발이 어울릴 것 같으냐'고 물었다. 그러자 버짓은 낄낄대며 웃었다.

아니, 얘야 말도 안 돼, 넌 정말이지 네 외모에 신경을 좀 써야 해.

나는 아무 말도 하지 않고 자리를 피해 화장실로 갔다. 그리고 나서 화가 가라앉았다고 생각될 때까지 기다렸다가 탁자로 되돌아간 나는, 옆자리에 버려진 쟁반을 내 쪽으로 잡아당겨서는 버짓의 뒤통수를 후려쳤다. 커피잔 접시와 플라스틱 용기, 그리고 반쯤 먹다 만 샌드위치가 다른 손님들 머리 위로 날아갔다. 나는 어디에서 그런 힘이 생겼는지 버짓의 올림머리를 잡고는 코뼈가 부러질 만큼 세게 탁자에 얼굴을 내리쳤다.

그 당시에는 내가 저지른 일이 부끄러웠다. 그러나 그때 그곳을 차로 지나며 다시 떠올리니 이제는 그 일이 털끝만큼도 부끄럽지 않았다. 버짓은 그때 일도, 나중에 일어난 일 역시도 당해 마땅한 사람이었다. 사람은 잃고 난 뒤에야 비로소 자기가 가진 것이 무엇인지 안다. 진실이다. 인간쓰레기 버짓은 사라졌고 나는 아무 느낌이 없었다.

스킵은 만화책에 빠져 있었다. 나는 라디오 방송을 찾아내 보려고 했지만 스페인어로 「아이 윌 올웨이즈 러브 유」를 부르는 목소리 외에는 거의 잡음뿐이었다. 그래서 포기하고 다시 운전석 의자로 몸을 기댔다.

위탁모의 코뼈를 부러뜨린 일은 이상하게도 내게 호재가 되었다. 나는 그 일로 서머글레이드에 보내졌는데, 그곳에서 어맨다를 만났으니까 말이다. 리버사이드에서 나와 같은 반이었던 어맨다는 전기 충격기로 화학 선생을 공격하는 바람에 그곳으로 보내졌다.

서머글레이드에서는 비키 소렌슨이 책임자였다. 그녀는 우리를 이끌고 이스퀘게이마라는 작은 호수 주변으로 긴 하이킹을 떠났다. 우리는 무거운 배낭을 짊어지고 다니며 텐트를 치고 야외 위생 수칙을 배웠다. 일찍 일어나 불을 지피고 작은 알루미늄 냄비에 아침밥을 지은 다음, 야영지를 정리하고 다시 호수 주위를 하이킹했다. 가끔씩 우리는 가던 길을 멈추고는, 가상의 문젯거리를 공동으로 해결하고 이를 통해 우리의 행복을 방해하고 미래에 대한 희망을 앗아간 파괴적인 악순환을 깨는 법과 서로 신뢰하는 법을 배워야 했다. 어맨다와 나는 팬티 한 장을 생선 점액에 문질러서는 비키 소렌슨의 짐에 몰래 넣어두었다.

서머글레이드에 다녀오고 나서 몇 년 후, 우리는 토미네 뜰에 앉아 있었다. 션의 누이 코니는 담뱃갑에서 은박지 속포장을 뜯어내서는 크리스의 손가락에 끼워주려고 자그마한 결혼반지를 여러 개 만들었다. 나는 토미가 어맨다에게 하는 말을 유심히 듣고 있었는데, 그때 크리스가 넵튠의 석회암 채석장에 가서 물놀이를 하고 싶다고 했다. 그래서 우리는 차에 몸을 밀어 넣었다. 뒷자리에서 나는 어맨다의 무릎에 앉았고 그 옆에는 토미가 앉았다. 그는 얼른 어맨다의 머리 뒤로 팔을 뻗어 어깨동무를 하더니 그녀의 어깨를 주물럭거리기 시작했다.

어맨다가 아무런 저항도 하지 않았기 때문에 그걸 좋아하는지 어떤지 알 수 없었다. 우리가 고속도로로 들어서자 토미는 어맨다의 머리카락으로 장난을 치기 시작했다. 내가 고개를 돌려 창밖을 바라보자 어맨다가 내 기척을 눈치챘는지 곧바로 손을 내 허벅지에, 아무에게도 보이지 않는 허벅지와 차 문 사이 공간에 놓았다. 그 애의 엄지손가락이 청바지 천 위에서 오르락내리락 움직이자 온 세상이 뜨거워졌고 나는 숨을 죽였다. 그러다 채석장 아래에 도착해서야 비로소 다른 애들 말이 내 귀에 들렸다.

에메랄드 녹색 물구덩이 한가운데에 다이빙대가 서 있었다. 토미와 션이 다이빙대 꼭대기에서 흠잡을 데 없는 다이빙을 하고 나서 크리스가 난간 맨 꼭대기에 균형을 잡고 서자 코니는 소리를 질렀다. 그 후 그 넷은 물구덩이 맞은편으로 헤엄쳐 건너갔고 나와 어맨다만 다이빙대에 남아 맨 꼭대기로 올라갔다. 산들바람이 수면에 잔잔한 물결을 일으키고 자작나무 숲 너머로 사라지는 사이에 해가 저물어 갔다. 지평선에 모인 백만 개의 광원은 라파예트의 고속도로에 늘어선 차들이었다. 어맨다가 말했다. *미셸, 네 허벅지가 소스트에서 제일 하얗다.*

그 후 아무도 보지 않을 때 어맨다는 다이빙대 아래 어둠 속에서 내게 입을 맞추었다. 나는 떨리는 몸을 주체할 수가 없었기에 물이 너무 차가워서 몸이 떨리는 거라고 말했다.

가을이 되자 나는 이태스카에 있는 폐선장에 들어가는 법을 어맨다에게 가르쳐주었으며, 그곳의 폐선된 어지너스 호에 있던 뉴로닉스에서 번들거리는 꿈을 뽑아내는 법도 보여주었다. 우리는 번들거리는 꿈을 부수고 녹여 알약을 만들어 밴디벤터에서 어떤 남자에게 개당 5달러에 팔았다. 그리고 포르노 영화에서 나오는 소리를 카세트테이프에 녹음해서는 어맨다 아빠가 예배를 집전하는 교회 바깥에 대형 카세트테이프 플레이어를 가져가 볼륨을 최대로 올리고 틀었다. 우리는 수업마다 늘 한눈을 팔았고, 같이 땡땡이쳤으며, 같이 사유지에 무단침입해서 옷과 음반을 훔쳤다. 그때를 떠올리니 갑자기 소스트 시절의 기억을 지워버리고 싶지 않았다.

WASHOE INSULAR ZONE

THE BLACKWELT EXCL

Gardnerville

119°

S. LAKE

FALLEN LEAF

GEORGETOWN — SADDLE MTN — ROBBS PEAK — LAKE — TAHOE — FREEL PEAK — MR SIEGEL — null — null

88

Woodfords
Markleeville

THE WASSUK EXCELSIOR WASTELANDS

Kit
Placerville — Carson

Silver Lake
Mechanized Weapons Site

DESERT CREEK
PEAK — null — null

EL DORADO

PLACERVILLE — CAMINO — LEEK SPRING — SILVER LAKE — MARKLEEVILLE — TOPAZ LAKE

Coleville

88

Lake
Alpine

ALPINE

395

AMADOR

Buckhorn

Sutter
Creek — West Point

CALAVERAS

Dardanelle

DESERT CREEK
PEAK — null — null

Martell

SUTTER CREEK — MOKELUMNE — BLUE MTN — BIG MEADOW — DARDANELLES — SONORA PASS — FALES — BRIDGEPORT — AURORA — null
Jackson — HILL — CONE — HOT SPRINGS

Bridgeport

lace

Valley
Springs — San Andreas — Strawberry

TRENCH — HUNTOON
CANYON — VALLEY — null

VALLEY
SPRINGS — ANGELES CAMP — COLUMBIA — LONG BARN — PINECREST — TOWER PEAK — MATTERHORN — BODIE — TRENCH — HUNTOON
PEAK — CANYON — VALLEY

TUOLUMNE

Columbia — Twain Harte
Sonora — Soulsbyville

Copperopolis

Lee Vinio

BLACKWELT

PACIFICA

Jamestown — Tuolumne

Mather

ESCALON — COPPEROPOLIS — CHINESE — Groveland
CAMP — GROVELAND — LAKE ELEANOR — HETCH HETCHY — TUOLUMNE — MONO — COWTRACK MTN — GLASS MTN — BENTON
scalon — RESERVOIR — MEADOWS — CRATERS

Oakdale — Moccasin — Big
Oak
Flat — June Lake — MONO — Benton

Riverbank — Coulterville — Mammoth
Lakes

MODESTO — El Portal

NAVAL AIR FORCE BASE MAMMOTH LAKES

DEVILS — CASA DIABLO — WHITE
POSTPILE — MT MORRISON — MTN — PEAK

WATERFORD — TURLOCK LAKE — MERCED — COULTERVILLE — EL PORTAL — YOSEMITE — MERCED PEAK
FALLS — Midpines

Montpelier
Denair — Snelling — Toms Place — Chalfant

Mariposa

Delhi — Bootjack

Rovana — Bisho
BISHO

Winton — Ahwahnee — MARIPOSA — Oakhurst — BASS LAKE — SHUTEYE PEAK — KAISER PEAK — MT ABBOT — MT TOM
TURLOCK — ATWATER — MERCED — INDIAN GULCH — Mono Hot
Springs

Merced — MARIPOSA — Mariposa

395

ewman — MERCED — Planada — Le Grand — Coarsegold — Lakeshore

stine — North
Fork — FRESNO — Big Pine
Planada — Raymond

산맥
THE MOUNTAINS

산길은 대부분 눈에 덮여 있었기 때문에 우리는 카슨 시티까지 차를 몰고 간 후에야 서쪽 산 너머로 열린 길을 찾을 수 있었다. 북쪽으로 아주 멀리 차를 타고 가야 한다는 점이 마음에 들지 않는데, 카슨 강이 흐르는 골짜기 전체가 악명 높은 무법 지대였기 때문이다. 가드너빌에서 우리는 드디어 남서쪽으로 방향을 돌려 프레드릭스버그와 페인스빌, 메사 비스타 같은 빈민촌을 지나 알파인 카운티로 이어지는 88번 고속도로에 들어설 수 있었다. 여기에서는 인양된 서스펜션 함에서 뜯어낸 엔진으로부터 에너지를 얻는 듯한 주거 단지가 생겨나 있었다. 틀림없이 불법이었지만, 거센 바람이 부는 산맥 동쪽의 고지대에선 법의 기운이 별로 느껴지지 않았다. 우리는 곧 연료를 채워야 했으며 나는 오줌도 마려웠다. 우드 퍼즈에 있는 주유소에 도착해 보니 거대한 픽업트럭이 주유기 옆에 여러 대 서 있었다. 그 주위에는 위장무늬 바지를 입고 선글라스를 낀 무장한 남자들이 서 있었다. 트럭 짐칸에는 불에 탄 게임용 드론 두 대가 단단히 묶여 있었다. 나는 멈추지 않고 계속 운전해서 그들을 지나쳐갔다.

마침내 나는 트레일러를 두 대 연결한 트럭 전용 회전 구역에서 차를 세우고 배수로로 뛰어내려가 오줌을 누었다. 앉아서 일을 보던 나는 몇 미터 떨어진 평지의 덤불 속에서 앙상한 암말 한 마리가 움직이는 것을 발견하곤 오줌을 다 누고 난 뒤 그 녀석을 불러보려고 했다.

어이, 아가씨. 내가 부르자 말은 귀를 세우며 나를 향해 고개를 돌렸다. 눈이 있어야 할 자리에는 검은 구멍 두 개뿐이었다.

스킵의 카세트테이프 중 하나를 카스테레오로 듣는 동안, 차 밖 지형은 점점 바위투성이로 변했으며 해발 고도를 알리는 표지판도 더 자주 눈에 띄었다. 길은 곧았고 구름 그림자들이 들쭉날쭉한 땅을 지나는 바위투성이 골짜기 사이로 뻗어 있었다. 골짜기 아래에서는 우리 차가 스노볼 안의 미세한 탐사선 같다는 느낌이 들었다. 암벽 사이의 산등성이에 낡은 전투함 한 척의 잔해가 보였다. 포탑에는 만화 캐릭터 얼굴이 그려져 있었다. 스킵은 자리에서 일어나서 배를 뚫어지게 쳐다보았다. *애스터 경이 보여.* 내가 말했다. 그건 우주비행사 고양이 캐릭터의 웃는 얼굴이었다. 그 얼굴이 우리 뒤편으로 사라질 때까지 스킵은 눈을 떼지 않았다.

나는 그 눈 먼 말이 어쩌다 그렇게 됐을지 추측했다. 아마 무슨 병이었을지도. 킹스턴에서 살 적에 외할아버지가 눈이 하나뿐인 개를 키웠다. 이름은 코디였다. 작고 복슬복슬한 녀석이었는데, 견종은 기억나지 않는다. 녀석은 가끔 가로등 기둥 안으로 들어가곤 했다. 외할아버지는 주말에 그 개를 돌보았다. 우리는 코디를 데리고 인공 호수 주위를 산책하곤 했다. 캠핑카가 즐비한 곳이었다. 그리고 언젠가 내가 인도 한가운데에서 죽은 물고기 한 마리를 발견한 곳이기도 했다. 우리는 페달이 달린 보트를 빌려 호수 한가운데 섬에 있는 와플 식당으로 코디를 데려 갔다. 호수에는 캠핑장 손님들이 와플 찌꺼기로 길들인 살찌고 커다란 잉어들이 살았는데, 잉어들이 보트에 다가오면 코디는 녀석들을 향해 짖어댔다.

와플 식당에는 쓰는 사람이 없다시피 한 동전 게임기인 뉴로그래프 게임이 하나 있었다. 게임기에는 생중계 스크린이 달려 있었는데 아무도 게임을 하지 않으면 기계에 접속된 경기장 중계 영상을 보여주었다. 나는 게임을 할 수 있기를 바라며 외눈 강아지를 품에 안고 서서 중계 영상을 보았다.

나는 코디를 외할아버지 장례식에서 마지막으로 보았다.

길은 산등성이를 구불구불 넘어 황량한 다음번 골짜기로 이어졌고, 표지판 하나가 지금 군사 보호 구역에 들어왔다는 사실을 알려주었다. 스킵은 잠이 들어버렸고, 바깥에서는 원격으로 조종하는 기계 여럿이 계곡을 돌아다녔다. 기계들이 바위투성이 지대를 가로질러 가는 동안 긴 무선 안테나가 더듬이처럼 덤불 위로 흔들렸다.

외할아버지는 언제나 내 침대를 특별한 방식으로 정리했다. 그는 베개 하나를 매트리스 커버 밑으로 어느 정도 집어넣은 다음, 보통 크기의 베개 하나를 매트리스 커버 위에 놓았다. 그러고 나서 레이스가 달린 시트를 이불 위에 덮었다. 외할아버지는 집안 정리에 대단히 까다로웠다.

나는 킹스턴에서 3년 동안 외할아버지와 살았다. 그 도시는 밤낮으로 조선소 굴뚝에서 뿜어져 나오는 어떤 화학물질의 냄새가 코를 찔렀다. 킹스턴에서는 서스펜션 함을 만들었다. 도시의 다른 모든 노인들과 똑같이 외할아버지는 조선소에서 일했고, 다른 많은 조선소 노인들과 마찬가지로 줄곧 기침을 하며 돌아다녔다. 밤마다 나는 내 방 침대에 누워 외할아버지가 욕실에서 색색거리며 헛기침을 하는 소리에 귀를 기울여야 했고, 그가 침실에서 다시코를 고는 소리가 들리고 나서야 비로소 잠들 수 있었다. 마지막 해에는 기침이 더욱 심해졌다. 우리가 부엌에서 체스를 두던 어느 날 저녁이었다. 할아버지가 더는 숨을 쉴 수 없을 때까지 기침하다 체스판 위로 쓰러지자 체스 말들이 사방으로 날아갔다. 두 달 뒤, 나는 소스트에서 테드와 버짓과 살게 되었다.

88번 고속도로를 따라 카슨 산길을 더욱 높이 올라가자 귀가 멍해졌다. 산비탈에는 커다란 눈덩이가 아무렇게나 무늬를 이루고 있었으며, 자갈과 구별이 어려울 정도로 더러운 눈더미들이 도로 가장자리를 장식했다. 우리 앞 저 멀리 어딘가에서 활짝 미소짓는 얼굴이 희미하게 보였다. 깜박거리다가 나무들 사이에서 사라지는 광고였다. 전선이 머리 위 하늘을 가로질러 뻗어 있었는데, 차가 굽이를 돌 때 보니 산기슭 숲에서 솟아난 거대한 공 모양 건물에서 튀어나온 전선들이었다. 제멋대로 자란 나무 둥치들 사이에서 증기와 물이 솟아 나와 숲 경사지에 시내를 만들며 찻길 너머로 흘렀다. 공 모양 건물 옆쪽에는 센터 사의 광고가 있었는데, 나는 그 건물이 통째로 센터 사의 소유였던 것이 틀림없다고 짐작했다. 저 안에는 수백만 명의 정신이 바글거렸고, 그 정신들을 즐겁게 하느라 필요했던 힘이 눈을 녹였을 것이다.

정말이지 이런 시설은 받침대에서 떼어내 산 아래로 굴려 떨어뜨려서 교외로 보내야 했다. 그렇게 굴러간 시설들은 남아 있던 정원이며 집이며 책임감 있는 부모며 그들의 SUV 차량까지 모조리 뭉개버렸을 테고, 마침내 인류의 추모비가 되어 버려진 도심부에 안식하듯 고요히 자리를 잡았으리라.

이 모든 일이 언제 시작되었던가? 언제였는지 기억이 나지 않는다. 아마도 평범한 여가 활동처럼 시작되었을 것이다. 텔레비전처럼. 사람들은 가끔 텔레비전을 보았고 가끔은 뉴로캐스터를 쓰고 앉아 있었다. 나는 전혀 신경을 쓰지 않았다. 그러다가 뭔가 괴상해지기 시작한 건 1996년 대규모 업데이트 이후였다. 모드 6 말이다.

그 후 사람들은 텔레비전과는 담을 쌓다시피 했다. 집은 더 조용해졌다. 가끔 학교가 끝나고 어맨다를 집에 데려왔을 때, 테드와 버짓이 그 시간까지 뉴로캐스터를 쓰고 거실 소파에 누워 있었던 기억이 난다. 그 둘은 완전히 정신이 나가 있었기에 어느 날 저녁 우리는 둘의 옷을 벗기며 놀았다. 어맨다는 버짓의 얼굴에 콧수염도 그렸다.

주말에는 두 사람 모두 늦잠을 잤다. 언젠가 한번은 셋이 다 같이 식탁 앞에 앉았을 때 그 화제를 꺼내려고 이렇게 물었다. 대체 뉴로캐스터라는 게 뭐길래 그래? 둘은 별로 걱정하는 기색도 없이 이렇게만 대답했다. 뉴로캐스터를 쓰는 시간이 엄청나게 길어졌다고. 테드는 내 뺨을 토닥거리며 말했다.

미셸, 좋은 생각이야, 조심할 건 너로구나!

그리고 내 코를 잡고 빵빵 소리를 냈다.

또 한번은 테드가 자기 티셔츠와 셔츠 가슴께에 왜 자주 얼룩이 생기는지 설명하려 했다.

전혀 위험한 게 아니야, 어떤 사람한테는 실제로 일어나는 일인데 완전히 정상이고 해롭지도 않아. 사실 남자에게서 젖이 나오는 경우는 생각보다 더 흔해. 유즙 유출증이라고 하는데 조금도 해롭지 않아. 빨래가 좀 힘들 뿐이지!

그후 집 한구석의 재택 근무용 공간에 앉아 있는 테드를 본 적이 있다. 팬티만 입고 머리에는 뉴로캐스터를 쓴 채 의자에 한껏 기댄 꼬락서니로. 뉴로캐스터의 뿔 모양 돌출부 아래에서 테드의 입이 움직였는데, 입꼬리에 경련이 일고 있었다. 나는 먹통이 된 모뎀을 재시작하느라 책상 너머로 몸을 숙였다. 그때 책상 위에, 책상 스탠드 불빛 한가운데에 자그마한 액체 한 방울이 보였다. 그리고 한 방울 더. 뒤이어 내 팔뚝에 액체가 한 방울 떨어졌다. 처음에는 침이라고, 테드의 입에서 어쩌다 침이 몇 방울 튀었을 거라고 생각했지만, 이내 테드의 배와 가슴에서 무언가가 흘러내리는 것이 보였다. 테드의 떨리는 젖꼭지에서 자그맣고 조용히 솟아 아래로 흐르는 희끄무레하고, 투명한 액체가.

차 밖에서는 노란 작업 로봇들이 움직이며, 커다란 케이블 롤러를 싣고 갔다. 느리게 길을 건너는 거북이처럼 로봇들은 뒤뚱뒤뚱 걸으면서 뉴로그래프 네트워크의 전선관을 따라 제멋대로 자란 산악림을 지나갔다.

쿡 스테이션에서 우리는 드디어 기름을 넣을 수 있었는데, 나는 휘발유가 들어 있는 플라스틱 기름통을 몇 개 추가로 사서 차 트렁크에 넣을 기회를 놓치지 않았다. 식당은 닫혀 있었지만, 상점에서 샌드위치 하나와 육포, 청량음료 몇 캔을 샀다. 나는 햇볕을 피해 앉고는 샌드위치를 먹으면서 옆에 앉은 스킵에게 빵조각을 주었다. 스킵은 이리저리 뛰어다니며 동네 다람쥐에게 빵조각을 먹이려 했다.

너는 다람쥐 병에 걸렸어. 내가 말했다.

잠시 후 스킵은 내 곁에 앉아서 내 어깨에 머리를 기댔다.

피곤하니. 내가 물었다.

스킵은 고개를 끄덕거렸다.

나도 그래. 우리 잠시 쉴까.

다시 비가 오기 시작해서 잠에서 깨어났다. 스킵은 조금 아래 떨어진 자갈밭에 서서 숲에 있는 어떤 물체를 보고 있었다. 그쪽으로 다가가자 무엇이 스킵의 주의를 사로잡았는지 보였다. 개 한 마리가 나무 둥치 사이에 서 있었다. 하얗고 자그마한 치와와였다. 개는 작은 호피 무늬 윗도리를 입고 있었으며 귀를 쫑긋 세우고 몸을 떨면서 우리를 보고 있었다. 스킵, *어서 와.* 내가 말했다. *어서 와, 가자.* 나는 스킵의 손을 잡았고 우리는 다시 차로 돌아갔다.

태초에 신은 뉴런을 창조했고, 전기가 뇌의 3차원 신경 세포망을 흘러가면서 의식이 생겨 났어. 뇌세포는 많을수록 좋아. 우리 뇌에는 뉴런이 수억 개 들어 있어서, 우리는 침팬지 보다 라자냐를 더 잘 만들 수 있지. 앞서 말했다시피, 어떻게 그랬는지는 아무도 정확히 이 해하지 못했지만, 1960년대 뉴로닉스 분야의 발전은 학습하고, 모방하고, 정보를 뇌로 보 내는 우리의 능력과 관계가 있었어. 그리고 무엇보다 위대한 발견은 이 모든 데이터를 조 종사와 드론이 지연 없이 주고받는 방법을 찾은 거였어. 뉴로닉스는 우리가 의식을 얼마나 이해하느냐 하는 것하고는 별 상관이 없었어. 그건 본질적으로 1970년대 초반 연방군이 제작한 첨단 로봇에 알맞은 사용자 인터페이스를 위해 개발된, 복사 및 붙여넣기 기술이 었어. 그야말로 선진적인 조이스틱이었지.

자, 만약 인간의 지능이 뇌세포 수억 개 사이의 상호작용을 통해 일어난다면, 뇌세포를 수 억 개 더 연결하면 무슨 일이 일어날까? 뉴로닉스의 단계에서 둘 이상의 뇌를 연속적으 로 연결하는 일이 가능할까, 만약 가능하다면 그토록 거대한 신경망에서는 어떤 형태의 의식이 출현할까?

전쟁 중 터무니없이 많은 뇌세포들이 접촉한 부작용으로, 군의 뉴로그래프 네트워크 안 에 벌집형 지능이 형성되었다고 믿는 사람들이 있었어. 그건 다뇌간 지능이라고 불렸지. 그 사람들은 이런 고등 의식이 조종사의 생식 주기에 영향을 미침으로써 물리적 형태를 취하려 했다고도 믿었어. 그 주장이 맞다면 전쟁시에 일어난 조종사들의 사산이 모두 그 고등 의식 때문이란 뜻이야.

이렇게 믿는 사람들은 자칭 통합주의자라고 했어. 나는 아마도 그 사람들을 또 다른 뉴에 이지 기술 숭배 무리로 일축했을 거야, 만약 내가 17년 전 찰턴 섬의 눈을 헤치고 움직이 던 것들을 보지 못했더라면 말이지.

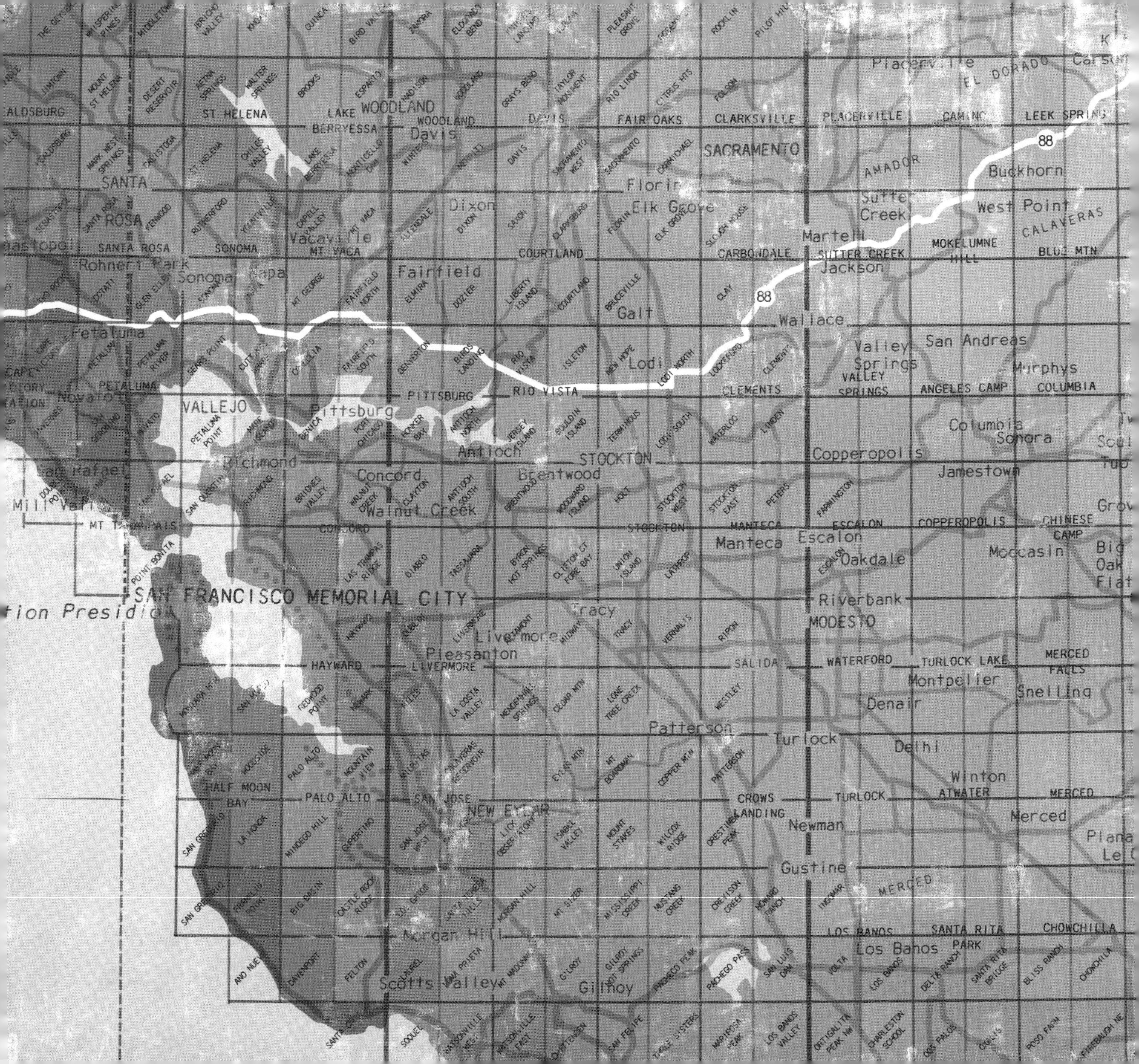

센트럴 밸리
THE CENTRAL VALLEY

결국 우리는 88번 고속도로를 타고 산맥을 내려가서 문명 사회의 정교한 도로망에 다가갔다. 표면상으로 산맥 이쪽 세상은 아직 멈추지 않은 듯이 보였다. 차와 사람 모두 뉴로그래프 탑의 붉은 신호 불빛 아래에서 일상의 흐름에 따라 움직였다. 겉으로만 보면 평범한 일과에 한창이었고 이미 멀리 내륙에서 시작한 연쇄 반응에는 아직 영향을 받지 않은 것 같았다. 사실은 바로 그 점 때문에 조금도 마음이 놓이지 않았다. 나로서는 경찰이나 호기심 많고 똑똑한 사람들이 다른 일에 정신을 파는 편을 선호했기 때문이다. 엄밀히 따지면, 우리는 산탄총이야 말할 것도 없고 차까지 훔쳤다. 만일 경찰이 우리 차를 세웠다면 일을 다 망치고 말 게 분명했다. 그때껏 나는 되도록 고속도로를 피하고 큰 동네의 외곽으로만 다니려 애썼지만, 이곳 평지에서는 그러기가 어려웠다. 차량 간격이 좁아지자 겁이 더럭 났다. 우리는 눈에 띨 거야, 결정적으로 다른 사람 눈에 띨 거고 경찰이 우리 차를 세울 거야. 이럴 수는 없어, 우리는 이 길에서 빠져나가야 해.

처음에는 어딘가 은밀한 장소에 주차하고 차 안에만 있어야 한다고 생각했다. 그러나 경찰들은 늘 가만히 서 있는 차에 앉은 사람들을 훼방 놓는 데 환장한 족속이라는 생각이 들었다. 다른 대안은 모텔 투숙이었지만, 모텔은 비쌌고 우리는 남은 돈이 얼마 없었으며 일이 꼬일 대로 꼬인다면 모텔에서 신분증을 보여 달라고 할 수도 있었다. 일정한 법과 질서가 지배하는 것 같은 이곳에서 나는 결코 주의를 끌고 싶지 않았다. 좋은 느낌은 전혀 들지 않았고, 우리는 금방이라도 들킬 처지였다.

결국 우리는 마텔이라는 작은 동네에 있는 어느 모텔에 정차했다. 다행히 모텔에서는 신분증을 요구하지 않았다. 카운터에 있는 남자는 아무것도 묻지 않았으며, 뉴로캐스터를 쓰고 하던 걸 중간에 멈추느라 즐겁지 않아 보였다. 내가 객실 열쇠를 받아들자마자 남자는 뉴로캐스터를 다시 쓰고 사라졌다.

객실에는 멀쩡한 것이 하나도 없었는데, 텔레비전은 화면이 지직거리기만 했고 에어컨은 고장나 있었다. 이미 저녁이 되었기에 출발까지 남은 시간은 그리 길지 않았다. 스킵은 자기 장난감을 바닥에 줄지어 깔아 놓고 그 앞에 가만히 앉아 있었다. 스킵은 고개를 푹 숙이고 있었다. 스킵, 이 잠꾸러기야. 나는 말했다.

  장난감을 챙겨들고 안락의자에 가서 앉아, 어둠 속에서 너에게 걸려 넘어지고 싶지 않으니까.

나는 시계 라디오의 알람을 새벽 3시에 맞춘 다음, 침대보에 몸을 던져 잠들었다.

테라스 나무 바닥은 물로 얼룩져 있었다. 잔디밭 멀리 버짓이 입던 카디건이 담황색 덩어리처럼 놓여 있었다. 나는 풀장 조명을 켜고는 풀장 가장자리에 서서 물속을 들여다보았다. 수면은 미동조차 없었고, 모습이 어렴풋한 감자 칩 조각들이 저 아래에 떠다녔다. 풀장 바닥에는 물에 불어터진 버짓의 몸뚱이가 대리석상처럼 무겁게 타일에 맞닿은 채 누워 있었는데, 뉴로캐스터 엘이디는 잉걸불처럼 여전히 이글거리고 있었다. 버짓의 입은 가만히 있지 않았다. 꿈을 꾸는 사람의 입처럼 움직이고 있었다. 테드가 뉴로캐스터를 벗기고 나서야 마침내 숨을 거두었고 입도 비로소 움직임을 멈추었다.

나는 스킵을 차에 태웠다. 스킵이 여전히 접속 상태인지 확인하려면 뒤통수에 있는 뚜껑을 열고 그 안의 작은 디스플레이를 읽는 수밖에 없었다. 나는 스킵이 그렇게 차가울 줄 몰랐다.

우리가 다시 도로로 나왔을 때, 바깥은 칠흑같이 어두웠고 나는 머릿속 이미지들이 차 밖 세상보다 더 현실적으로 느껴졌다. 그때 버짓의 눈은 희끄무레했고 빼앗긴 것을 찾고 있는 듯 보였다. 풀장 바닥에 얼마나 오랫동안 누워 있었을까? 몇 시간? 버짓은 소파에서 몸속의 물을 모조리 토해낸 다음, 생기를 잃고 몸을 웅크렸다. 테드는 반쯤 넋이 나간 채 상심해서는 버짓의 축축한 몸뚱이를 무릎에 올려놓고 바닥에 앉아 마치 인형을 가지고 놀 듯 그녀의 양팔을 잡고 있었다. 응급구조사들이 버짓을 싣고 떠난 후, 테드는 잠시 소파에 앉아 있었다. 붉어진 눈이 멍해 보였다. 그 후 테드는 다시 뉴로캐스터를 쓰고는 소파에 등을 기댔다.

하늘은 희미하게 푸르스름했고, 차 바깥의 아침 햇빛 속에는 소도시와 교외가 끝없이 이어져 지나갔다. 마침내 우리는 커다란 6차선 도로가 둘로 갈라놓은 도시에 이르렀다. 거기서 보데가 로(路)라는 작은 시골길을 따라 서쪽으로 차를 돌리자 이내 문명사회가 등 뒤로 멀어졌다. 어두운 들판에 깜박이는 뉴로캐스터들이 나타났다. 뉴로캐스터들은 진이 다 빠진 채 길게 줄을 지어 돌아다녔다. 나는 속도를 늦추었다. 우리가 지나가자 뉴로캐스터 몇몇이 걸음을 멈추고 킁킁거리며 냄새를 맡았다. 소스트에서 보낸 마지막 몇 주 내내 이른 새벽에 잠이 깬 것도 그 비슷한 무리 때문이었다. 그들은 혼돈에 빠져 발을 질질 끌며 거리를 배회했는데, 은신처를 찾아가는 불안한 야행성 동물 무리 같았다.

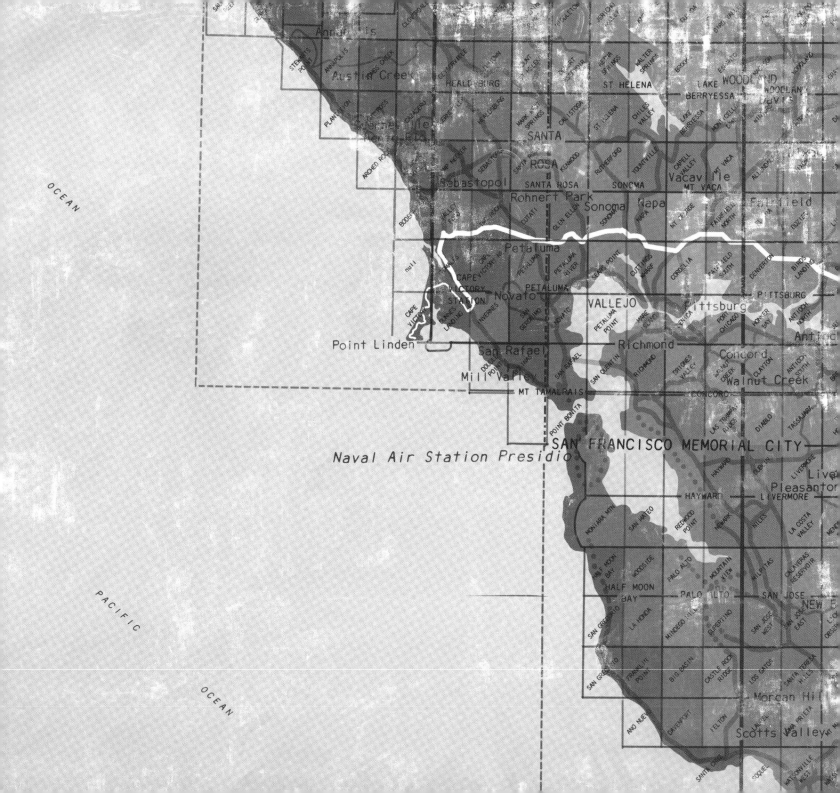

해안
THE COAST

차창 밖 풍경은 기복이 더 심해졌고 안개가 자욱했다. 바다에서 온 뭉게구름이 언덕을 너머 미끄러지듯 도로 위에 누워서, 우리가 지나갈 때 차창을 고운 분무로 뒤덮었다.

토멀리스 몇 킬로미터 앞에서 우리는 일종의 전쟁 기념관 같은, 웨스트모얼랜드 추모 공원이라는 곳을 지나갔다. 폭격으로 황폐해진 언덕 높은 곳에 거대한 수로 안내선 두 척이 안개 사이로 솟아 나와 있었다. 가까이 가 보니 폭격에 패인 구덩이들 안에 차들이 주차되어 있었다. 그리고 그 일대와 수로 안내선 주위에는 작은 인도교와 보도 육교가 사방으로 깔려 있었다. 나는 언젠가 소스트의 폴웰 추모 공원에 있던, 폭격으로 완전히 파괴된 함선에 관해 교실에서 벌였던 논의를 떠올렸다. 반 아이들 중 절반은 그 함선들이 복제품일 뿐이라고 확신했고 나머지 절반은 진짜라고 확신했다.

해안 도로에 이르렀을 무렵, 줄곧 모자랐던 잠이 내 발목을 잡아 휴게소 한 곳으로 차를 몰고 들어갔다. 나는 엔진을 끄고 지도를 꺼냈다. 휴게소 아래에는 늪 같은 진흙 바닥이 얕은 호수처럼 생긴 곳을 향해 펼쳐져 있었고, 호수 맞은편에는 산등성이가 솟아 있었다. 그 호수는 보데가 만이고 맞은편 산등성이는 케이프 빅토리의 일부라고 나는 추정했다. 그렇다면 던스 랜딩까지는 차로 30분도 채 안 걸릴 터였고, 그곳에서 우리는 포인트 린든까지 쭉 이어진 더 작은 도로로 우회전할 예정이었다.

스킵은 이제 잠에서 깨어나 앉아서 호수 맞은편에 있는 물체를 보고 있었다. 스킵이 가리키는 산등성이의 산마루 한 곳에 죽은 나무 한 그루가 홀로 서 있었다. 여기가 어딘지 알아보겠니. 나는 물었다. 스킵은 고개를 끄덕거렸다.

전에 와 본 적 있지, 그렇지?

스킵은 열심히 고개를 끄덕거리며 나와 나무를 번갈아 보았다. 스킵은 자리에서 뛰어오르다시피 했다.

스킵, 괜찮아. 워크맨을 꺼내서 키드 코스모 노래를 들으렴. 이제 얼마 안 남았어. 나는 잠깐 쉴게.

내가 얼마나 오래 잤는지 모르겠다. 아마도 한 시간 정도인 듯싶다.
스킵은 헤드폰을 쓰고 앉아 있었는데, 당연히 아직 마법에 사로잡
힌 채였다. 나는 스킵의 어깨를 손가락으로 톡톡 두드렸다. 스킵, 원
하면 *카스테레오로* 들을 수 있어. 스킵은 나를 보았지만 아무 말
도 안 들리는 모양이었다. 나는 카스테레오를 가리켰다. 스킵은 워
크맨에서 카세트테이프를 빼서는 카스테레오에 넣었다. 나는 지도
를 가방에 다시 집어넣고 운전석에 바로 앉았다. 그러고 나서 우리
는 다시 도로로 나갔다.

만의 맨 안쪽에는 전함이 세 척 있었다. 옛날에 이런 종류의 배는
연방군의 자랑이었다. 이 전함들은 과거에 함장이 수천이나 되는
구경꾼 앞에서 대통령과 악수하는 활주로에 열을 지어서 있곤 했
다. 그러나 지금은 여기에 있었다. 하늘에서 내려와, 바다에 파이고
씹혀서 망가져 결국 새들이 사는 절벽으로서의 임무를 수행하면서.
공군의 자랑 암피온을 보라. 1,000만 톤짜리 녹과 새똥을.

엄마의 뇌를 태워버린 건 바로 암피온 함에 있는 뉴로닉스였다. 그
래서 그런지 한편으론 그 꼴이 잘 어울린다는 생각도 들었다.

문 닫은 가게 몇 군데와 교차로 하나 정도밖에 없는 던스 랜딩이 우
리 바로 앞에 있었다. 거기서 우리는 구덩이가 많이 패고 금이 간 시
골길인 샌어거스틴 대로로 우회전해 들어갔다. 그 작은 동네를 떠
나 더 멀리 있는 곳으로 이어지는 길이었다.

케이프 빅토리는 끝이 안 보이는 배들의 묘지였다. 지도에는 만 안쪽의 작은 구역만 '샌어거 스틴 폐선장'으로 표시되어 있었지만, 사방이 폐선 천지였다. 굽이를 지날 때마다 낡은 서스 펜션 함과 전투용 드론이 끝없이 이어지는 풍경이 새로이 펼쳐졌다. 전투의 상흔이 남은 것 들도 있었고, 멀쩡하다시피 한 상태로 버려진 듯 보이는 것들도 있었다. 함선마다 온통 고물 상이 다녀간 흔적이 보였는데, 선체는 개폐 장치가 열려 있거나 여기저기 절단된 채였다. 철 판과 장비가 뜯긴 부분들이었다. 어떤 배는 일부가 아예 뜯어 먹히다시피 했는데, 살을 바 른 생선 뼈처럼 뼈대만 풀밭에 남아 있었다.

그리고 나는 이렇게 자랐다. 맙소사, 가엾은 아이. 엿 같은 엄마. 어디 보자. 배 이름을 기억 할 수 있을까? 당연히 암피온이지. 안에 더 작은 배들을 넣고 운반하던 그 커다란 배. 작은 배 이름은 무엇이었나? 펜시어스 에프 뭐라고 했다. 펜시어스는 조종실의 뉴로닉스에 접근 하기가 쉬웠는데, 어렸던 나에게는 특히 더 그랬다. 노란색 연결 장치가 달린 검은 케이블 을 찾아야 했다. 그리고 작고 검은 전함이 있었는데, 오티션이라고 했다. 엄마 말로는 아빠 가 보이시 전투에서 오티션을 탔다. 오티션은 고물상에게 노다지였다. 조종실 내부에는 노 랑 스티커가 붙은 뚜껑이 여럿 달린 패널이 하나 있었으며, 뚜껑 아래에는 사람이 뽑을 수 있는 둥근 봉이 있었다. 그 봉 안에는 플라스틱 필터가 가득했다. 봉 옆에 나 있는 작은 구 멍에 볼펜을 밀어 넣으면 봉을 둘로 분리해 빼낼 수 있었다. 운이 좋으면 온통 신경돌기로 끈적거리는 필터가 있다.

우리가 또 다른 언덕 꼭대기에 이르렀을 때, 맞은편에서는 소들이 잔해 사이를 돌아다니며 풀을 뜯는 광경이 펼쳐졌다. 너무나 평화로운 광경 같았지만, 실제로는 길을 따라서 죽은 소들이 미라나 다름없이 검게 썩은 채 누워 있었다. 어떤 사체들은 움직이는가 싶었는데 실은 썩은 고기를 먹으려고 모인 새들의 검은 등이 그렇게 보일 뿐이었다. 우리 차가 지나가자 새들은 차 뒤쪽에서 날아올라 바람을 타고 괴상한 민들레 씨앗처럼 퍼져 갔다. 나는 백미러를 보며 새 떼의 움직임을 눈으로 따라갔다. 새 떼는 죽은 소들 위를 아메바처럼 떠다녔고, 갈라졌다가, 다시 모여 날아갔다.

나는 5학년도 되기 전에 도시 세 곳을 거치며 학교를 네 군데나 옮겨 다녀야 했다. 때때로 친구들이 생기기도 했다. 엄마의 기분과 이동주택을 세울 수 있는 곳인가에 따라 결정된 일이었다. 다른 아이들이 가족이 있는 집과 축구장과 빙상장과 스카우트 캠프에 갈 때, 나는 엄마가 자기 몸과 자기 나라가 더는 공급해 줄 수 없었던 화학물질을 스스로 투여하도록 돕느라 바빴다.

내가 새 학교로 옮길 때마다, 학교 버스는 언제나 나를 위해 노선을 바꾸었다. 덕분에 다른 아이들은 한 번도 본 적 없는 동네를 거쳐 학교에 가야 했다. 내가 새 반 친구들에게 주는 선물이었다. 내가 사는 곳은 어린애들이 버스에서 내릴 만한 곳이 못 되었으니까.

묘지에서는 안개 사이로 소름 끼치는 자작 드론이 돌아다녔다. 드론들은 가방과 케이블 다발을 지니고 비척비척 걸었는데, 그걸 보고 이 끔찍한 곳에서 내가 엄마를 떠올리고 있다는 사실을 깨달았다. 나는 향수라는 것에 흠뻑 젖은 채 사람들이 어떻게 기억을 간직하는지 생각했다. 우리가 지나갈 때 고물상들이 걸음을 멈추었다. 아마도 그곳에는 더 이상 차들이 지나가지 않는 모양이었다.

전에는 엄마 생각을 하지 않으려고 애썼지만, 막상 그렇게 엄마를 떠올리고 보니 하나도 괴롭지가 않아서 오히려 놀라웠다. 마치 내가 보이지 않는 경계를 지나버렸고 내면에 벌어져 있던 상처도 마침내 단단히 아문 느낌이 들었다. 사고를 당한 후 손상된 얼굴을 복원한 사람들처럼, 여전히 내 안에는 푹 꺼지고 딱지가 덮인 상처가 하나 있다. 하지만 이제는 온몸에 통증을 느끼지 않고도 그 상처를 만질 수 있었다.

나중에 킹스턴에서 보낸 시간은 끔찍했다. 나는 줄곧 엄마를 생각했다. 새 학교에서 첫 수업을 받는 동안 나는 소리쳐 울어댔고 다들 나를 쳐다봤다. 나는 학교 책상의 상판 뚜껑 아래에 머리를 처박았다. 곰곰이 생각해 보니 그 꼴이 틀림없이 웃기게 보였을 것이다. 혼란스러운 침묵이 교실을 덮었고 선생님은 다른 학생들에게 미셸은 지금 조금 힘들게 지내고 있다고 설명해야 했다. 그러고 나서 외할아버지가 나를 데리러 와야 했다.

열 살 어느 즈음에, 나는 엄마에 관한 기억을 모두 숨겨버리고 다른 사람과 엄마 이야기를 하지 않기로 결심했다. 그리고 6년이 지나 소스트에서 살던 무렵의 어느 날 저녁, 텅 빈 놀이터에서 갑자기 어맨다에게 하나도 빠짐없이 털어놓을 때까지 그 결심을 지킬 수 있었다. 우리는 정글짐 꼭대기 그물에 앉아 있었고, 나는 어맨다의 무릎에 머리를 파묻고 있었다. 가을이었고, 어맨다는 뜨개질한 반장갑을 낀 손으로 내 이마를 쓰다듬었다. 눈송이가 그려진 잿빛 장갑이었다. 어맨다는 그해 겨우내 그 장갑을 끼고 있다가 봄에 떠났다.

잊어버리기 전에 어맨다 이야기 한 가지 더. 어맨다 아빠가 우리 집에 방문한 적이 있다. 아주 나중에, 분명히 어맨다가 떠난 지 1년 후였다. 어니스트 헨리. 그렇다, 실제로 어맨다 아빠는 이름이 그랬다. 파더 어니스트 헨리. 목사였다. 우리는 이야기를 나눈 적이 전혀 없었지만, 그는 나를 어맨다의 반 친구로 기억했다. 헨리 목사는 집의 어른과 이야기를 하고 싶어 했고 나는 그를 거실로 안내했다.

버짓이 죽은 후였는데, 그때 테드는 실오라기 하나 걸치지 않은 채 뉴로캐스터를 쓰고 소파에 앉아 있었다. 하교 직후라 미처 테드를 가려줄 시간이 없었다. 목사는 나를 향해 돌아서서는 테드 대신 나와 이야기를 하는 편이 낫겠다고 말했다.

우리는 부엌 식탁에 앉았다. 목사는 커피잔을 들고 앉아서 지금 소스트에서 일어난 일에 우려가 크다고 말했다. 목사는 뉴로그래프 네트워크를 매개로 삼아 사람들을 병들게 하는 일종의 신호가 있으며, 그 신호는 사람들의 의지를 파괴하고 노예로 만든다고 의심했다. 목사는 이 신호가 악마라고, 악마가 뉴로캐스터로 사람들을 하느님의 길에서 벗어나도록 유혹하고 있다고, 종말이 도래하는 길을 놓고 있다고 믿었다. 목사는 오래전부터 뉴로캐스터를 우려했으며, 오랫동안 꾸준히 자기 신도들에게 조심할 것을 당부했다고 말했다. 하느님은 당신이 창조하신 세상을 체험하도록 우리에게 귀와 눈과 입과 몸을 주셨는데, 우리 감각을 인공 신체로 옮겨준다는 뉴로닉스의 약속은 하느님의 뜻에 어긋난다고 했다. 목사는 사람들이 중독에서 벗어나도록 돕는 운동을 시작했다고 말했다. 거실에 있는 테드로 미루어 보건대 목사는 내가 이 운동에 동참할 마음이 있으리라 여기는 듯했다.

결국 목사는 내게 뉴로캐스터의 유혹에 빠진 적이 있냐고 물었다. 나는 뉴로캐스터를 쓸 수 없다고 이야기했다. 의사들 말로는 선천성 신경 질환 때문에 제 눈동자 한쪽이 다른 쪽보다 더 커서, 뉴로닉스를 쓸 수 없대요. 캄캄하기만 하고, 아무 일도 안 일어나요. 목사는 내가 그 점에 감사해야 한다고 했다. 하느님이 나를 지켜주었다고.

나는 목사가 귀퉁이를 뜯어서 커피에 쏟아붓는, 노란색 소형 포장 감미료에 시선을 집중했다. 목사가 커피를 젓기 시작했다. 어맨다에 관해 내가 물었을 때, 어니스트 헨리 목사의 얼굴에 거룩한 은총의 미소가 퍼졌다. 목사는 어맨다의 여러 숙모와 숙부가 어맨다로 하여금 하느님의 길을 되찾도록 도와주었으며, 자기는 여전히 내가 어맨다를 생각하고 있다는 사실에 마음이 따뜻해졌다고 말했다.

너희 둘은 아주 친했구나, 그렇지?

목사가 젓는 찻숟가락이 커피잔에 부딪히며 내는 단조로운 소리가 천장으로 쏘아져 벽에 부딪혔다가 좀벌레 떼가 고통스러워하며 몸뚱이를 뒤트는 바닥으로 내려왔다. 그 소리는 종이 상자 안에서 부서져 내려앉는 아침용 시리얼과 귀리 죽 가루와 와플 가루를 지나서, 이내 부엌을 온통 채웠다. 나는 어맨다의 몸에 목사가 남기곤 했던 멍 자국을 생각하며 바닥을 내려다보고 대답했다.

아니요, 꼭 그렇지는 않았어요. 겉보기만 그랬어요.

눈앞에 무언가 나타났다. 작업이 멈추어버린 도로 공사 현장이었다. 작업하던 사람들 모두 새로운 뉴로닉스 공상에 빠져 있었다.

앞으로 나아가니 흰색으로 칠한 목조 건물들이 도로 양쪽에 도열해 있었다. 헛간과 외양간, 흰 말뚝 울타리였다. 그곳은 농장이었다. 흰색으로 칠한 목재는 습기에 얼룩져 있었는데, 마치 바닷말의 공격을 받은 것처럼, 또는 방금까지 해수면 아래에 잠겨 있었던 것처럼 보였다. 도로는 좁아지다가 소 떼가 못 지나가도록 금속 봉을 성기게 엮어 만든 작은 다리 하나를 지나게 되었다. 나는 속도를 늦출 수밖에 없었다. 방목장 안에는 네모난 상자들이 있었으며, 그 안에는 죽은 송아지들이 누워 있었다. 오른쪽에는 커다란 곳간 한 채가 있었고 그 안에는 어둠 속에서 빛나는 물체가 움직이고 있었다. 미소짓는 얼굴이었다. 처음에는 누가 치워놓은 낡은 광고판이라고 생각했지만, 그 얼굴은 눈빛으로 우리를 따라오며 한 손을 들어 손짓했다. 드론이 어둠 속 그곳에 있었다. 스킵은 그 드론에게 고개를 돌려 조심스레 손짓으로 답례한 다음, 나를 보았다. 저 안에서 무슨 짓을 하는 것일까? 나는 기분이 좋지 않았다. 드론이 우리를 본 것도, 드론이 손짓하는 것도 마음에 들지 않았다. 왜 저 드론은 우릴 보고 손짓했을까?

이 길은 그냥 넘기기에는 찜찜한 구석이 있었다. 마치 우리가 막다른 길로 향하는 느낌이었다. 엄밀히 따지면 이는 사실이었다. 포인트 린든으로 오가는 다른 길은 없으므로. 케이프 빅토리까지 그야말로 막다른 길이었다. 나는 몸을 떨어 불편한 기분을 털어보려 했다. 백미러를 통해 곳간을 쳐다봤다. 우리가 지나간 후 드론이 곳간 밖으로 나가는지 보고 싶었다. 그러나 아무 일도 일어나지 않았다. 농장은 완전히 버려진 것처럼 보였다. 농장의 가옥은 불에 타버렸으며, 우리 쪽으로 향한 외벽은 온통 검었고 지붕 일부는 사라진 것이 멀리서도 보였다.

도시로 들어서는 길목에 경찰차 두 대가 길을 가로막고 서 있었다. 노상 장애물이었다.

나는 죽은 듯이 가만히 앉아서 운전대를 필사적으로 움켜잡았다. 급브레이크를 밟으니 차 열쇠가 낡은 시곗바늘처럼 앞뒤로 똑딱거리며 흔들렸다. 경찰차에서 눈을 뗄 수가 없었다. 곧 스피커에서 잡음 섞인 목소리가 고함을 지를 판이었다. 그렇게 몇 분 동안 앉아 있다가, 결국 나는 문을 열고 아스팔트에 한 발을 내려놓았다. 스킵이 몸을 던지며 내 팔을 잡았다. 스킵, 괜찮아.

우리가 친절하게 대하면 저 사람들도 그럴 거야.

나는 스킵의 단단한 기계 손가락을 소매에서 억지로 떼고는 차에서 내렸다. 실은 모든 게 끝났으며, 이제 스킵을 다시는 못 볼 거라는 확신이 들었다. 퍼시피카 경찰관들 모두 무슨 이유로든 근무처를 떠날 테고, 결국 난 존재조차 잊힌 경찰서 안 감방에서 썩을 신세였다.

하지만 그렇게 되지는 않았다. 노상 장애물에 다가갔더니 경찰차는 비어 있었으며, 아스팔트에는 권총 한 자루와 1센트 동전처럼 생긴 것들이 쏟아져 있었다. 빈 탄피였다.

다시 차로 돌아간 나는 오랫동안 한 손으로 차 열쇠를 감싸고 숨을 돌리며 앉아 있었다. 몸이 떨려왔다. 숨을 몇 번 깊이 들이쉬고 스킵을 보았다.

워프 드라이브 작동 허가를 요청합니다.

나의 목소리는 떨리고 있었다. 스킵이 나를 보았다. 그래, 아마도 내가 그때껏 했던 애스터 경 성대모사 중에 최고는 아니었을 것이다. 스킵은 한 손을 들어 경례했다.

감사합니다, 함장님. 나는 그렇게 말한 다음 차 열쇠를 돌렸다.

Welcome to
EST. 1915
POINT LINDEN
"The best kept secret
of Pacifica."
MARIN COUNTY

HOME OF TREY DE LUCA
1991 PAC COACH OF THE YEAR

우리가 도시로 들어왔을 때는 늦은 시간이었다. 나는 진이 다 빠져 있었고 그저 자고 싶은 마음만 간절했다. 스킵은 이미 잠들어 있었다. 제멋대로 자란 사이프러스 나무 아래의 어둠 속에 차를 세웠다. 나는 엔진을 끄고 차에서 내렸다. 다른 차는 없었고, 사람 목소리도 들리지 않았다. 귀뚜라미 소리와 멀리서 천둥이 치는 소리만 들렸다. 동쪽 언덕 너머로 뉴로그래프 탑에서 나오는 빨간 빛이 보였다. 우리가 다른 사람 눈에 띄었는지도 알 수 없었다. 이만하면 충분했다. 나는 뒷좌석에 누워, 가랑이 사이에 양손을 넣고 작은 공처럼 몸을 둥글게 말아보려고 했다.

미셸. 정신 차려. 그건 꿈이었어. 게임일 뿐이었다고. 짐과 바버라 덕에 이제야 나도 깨달았어. 너랑 나는 그냥 놀이를 했던 거야. 그리고 괜찮아. 어차피 그런 척한 것뿐이잖아.

어맨다는 침대 가장자리에 서 있었고, 나는 어맨다의 손을 잡아서는 손가락을 내 입에 대고 눌렀다. 어맨다는 손을 뺐다. 나는 바닥에 미끄러져서는 얼굴을 어맨다의 바짓가랑이 한쪽에 파묻었다. *그 사람들이 너에게 무슨 짓을 했기에 이러는 거야?*

나는 잠에서 깨어났다. 차는 몹시 추웠고 눅눅했으며 뒷자리 창에는 김이 서려 있었다. 스킵은 앞자리에서 움직이지 않고 똑바로 앉아서 창밖을 보고 있었다. 나는 멀리서 돌아가는 세탁기 소리 같은 고동 소리를 의식하게 되었다. 빨간빛으로 희미하게 번쩍거리는 물체가 김 서린 창으로 보였다. 나는 소매로 유리를 문질러 닦고 밖을 보았다.

주차장 맞은편에 거대한 물체를 둘러싸고 사람들이 많이 모여 있었다. 사방에서 뉴로캐스터가 빛났다. 사람들이 둘러싼 물체는 거대한 재조립 드론이었는데, 그 드론이 고동치는 엔진 소리를 내는 것 같았다. 머리와 높이 들어올린 한쪽 팔은 뉴로드롬 원형 경기장에서 보던 대형 액션 드론에서 가져온 것 같았다. 열려 있던 머리에서 케이블 다발이 문어 다리처럼 쏟아져 나왔다. 케이블 다발은 땅에 떨어져서는 아스팔트를 기어 건너가 미니밴 한 대로 올라갔다. 뒤이어 그 다발은 웬 물체가 힐끗 보이는 운전석으로 들어갔다. 운전석에 보이는 것은 벌거벗은 여자의 창백한 상반신이었다. 여자는 열정에 들뜬 표정으로 눈을 감은 채 차창 유리에 눌려 있었다.

스킵은 고개를 돌려 나를 보았다. 나는 입에 집게손가락을 갖다 대고 운전석으로 기어 넘어갔다. 그러곤 몸을 돌려 산탄총을 집어 들고 바닥을 향하게 놓았다. 그리고 기다렸다.

케이블 다발이 미니밴 안에 들어간 지 아마도 10분쯤 지났으리라. 케이블 다발이 차에서 나와 드론의 거대한 공 모양 머리로 되돌아가자, 관 모양의 뼈만 앙상한 손가락들이 서로 맞물린 두 주먹처럼 닫혔다. 고동치던 기계음은 잠잠해졌다. 드론은 엄청나게 큰 걸음을 두 번 내딛고 돌아선 다음, 안개 속으로 뒤뚱뒤뚱 걸어갔다. 드론 발치를 둘러쌌던 군중들은 느릿느릿 흩어져 그림자 속으로 물러났고, 뉴로캐스터의 불빛은 반딧불처럼 깜박거리며 덤불 속으로 사라졌다. 우리는 미동도 없이 거의 숨도 쉬지 않고 앉아 있었다.

주차장이 다시 휑해지자 나는 뒷자리에 산탄총을 되돌려 놓았다. 차에 시동을 걸려고 몸을 돌렸을 때, 미니밴의 문이 열리더니 아까 힐끗 보였던 여자가 차에서 내렸다. 여자는 드레스를 입고 있었고, 옷매무새를 고치더니 안개 속으로 걸어 들어가 사라졌다.

나는 요즘도 그 꿈을 꿔. 전쟁의 마지막 겨울이었지.

우리는 허드슨 만의 찰턴 섬에 있는 공군기지의 장비를 수리하기로 되어 있었어. 그 기지는 교신이 끊긴 상태였는데 겨울이라 그냥 날씨 때문에 뭔가 문제가 생겼을 거라 짐작했지. 그 모습을 어떻게 묘사해야 할까. 마치 모든 것이 흰개미나 그 비슷한 것으로 변형된 듯했어. 그 사람들이 만든 것들 말이야. 인간적인 구석은 조금도 없었어. ……그게 무슨 뜻인지 자네가 안다면 말이지만. 어떤 인간의 지능도 그런 걸 생각해 내고 그렇게 움직이게 할 수는 없었을 거야. 그리고 냄새도. 구내식당 안은 최악이었어. 벽을 따라 탁자와 의자 모두 산더미처럼 쌓여 있었어. 실내 한가운데에는 쓰레기 수거함이 몇 개 있었는데 그 안에 아기들을 넣어놓았어. 사산아들을 말이야. 말했다시피, 나는 요즘도 그때의 꿈을 꾸곤 해.

바깥의 눈 속에서는 무언가 움직이고 있었어. 하얀 지면 아주 멀리서 말이야. 그 물체는 가늠하기가 불가능할 만큼 빠르게 몸을 들썩이면서 눈이 얼어붙은 표층을 건넜어. 우리는 그걸 태워버렸어. 하나도 남김없이 태워버렸지.

기지에 주둔했던 150명 중 누구도, 뉴로캐스터를 벗겨내고 나서 몇 시간을 넘기지 못했어.

그래서 통합주의자들이 자신들의 다뇌간 지능이라는 신성(神性)에 관해서, 그리고 그 신성이 전쟁 동안 어떻게 물리적 형태를 취하려 했는가에 관해서 이야기하면, 나는 그 사람들이 완전히 틀렸다고 주장하지는 않을 거야. 찰턴 섬에서 내가 본 것은 신성하다고 할 만한 건 아니었지만 어쨌거나 결코 인간적이지는 않았으니까.

통합주의자들은 이 슈퍼 지능이 전쟁 중에 적어도 임신 한 건을 성공시켰다고 예언처럼 믿었어. 그 아이는 완벽한 비인간 유전자를 지녔다고, 세상에 인간을 재증식시키기 위해 그 신성한 아이를 계속 생산하는 일이 자신들의 직무라고 믿었어.

아마도 그 믿음은 광기였을 거야. 하지만 상관없어. 그 모든 것에 관해 자네가 무엇을 믿는지는 중요하지 않아. 다만 통합주의자들은 돈이 무척 많다는 사실과 그 신성한 소년이 그들에게 귀중하다는 사실은 신경 쓸 필요가 있어. 이 일은 아마도 우리의 마지막 기회일 거야, 그러니 만일 이 일의 어떤 점이 자네 마음을 뒤흔든다면, 우리 발밑의 땅이 움직이기 시작했다는 점을 떠올려. 거리는 곧 통행 불가 상태가 되고 손 닿는 데 있었던 기회는 모조리 사라질 것이라는 점을 떠올리도록.

이제 내 말 잘 들으시라. 케이프 빅토리의 비밀 낙원에서 믿을 수 없는 일이 벌어졌다. 괴물은 실제로 존재한다. 케이프 빅토리 바깥의 안개 속에서 움직이고 있는 놈을 괴물 말고 다른 이름으로 부르기란 불가능하다. 그러니까 이것들은 본질적으로 자작품임이 확실하다. 사람이 조립한. 분명 드론에서 가져왔을 부품이 눈에 띄었다. 다리 하나, 팔 하나, 웃는 얼굴. 하지만 그건 약과였다. 이전에는 절대 보지 못했던 복잡한 특징들이 있었다. 수천 개의 케이블, 전선, 플라스틱, 금속판, 그리고 기름이 모여 알 수 없는 유기체를 만들어냈다. 그 유기체들은 그저 우연히 조립된 것이 아니라 분명히 한 가지 목적을 가지고 조립되었다. 불가해한 표면 아래에서 거의 호흡같이 규칙적으로 들썩거리는 움직임을 짐작할 수 있었다.

나는 몹시 두려웠다. 하지만 그 물체가 우리 차 앞에 낀 안개에서 모습을 드러낼 때 나는 또 다른 느낌도 들었다. 경외 말고는 다른 말이 떠오르지 않았다. 나는 감동했다. 숲에서 길을 잘못 들었다는 사실을 깨닫고 나서 갑자기 거대한 야생 동물과 눈이 마주쳤을 때처럼. 괴기함을 넘어 다른 느낌이 있었다. 장엄함이었다. 그리고 그에 뒤따라 포인트 린든의 시민들이 있었다. 사람들 수백 명이 함께 연결되어 있었고, 그들의 뉴로캐스터는 안개 속 기름의 신에게 접속되어 있었다. 차 밖에서는 사람들이 흐르듯 앞으로 걸어가고 있었는데 행복해 보이기까지 했다. 사람들은 침착하고 평온하게 우리 차를 지나쳐서는 우리 뒤편에서 다시 하나로 뭉치더니, 이내 안개 속으로 다시 사라졌다.

그것만 빼면 포인트 린든의 거리에는 인적이 전혀 없었다. 우리는 단독주택 정원들 사이를 천천히 나아가는 동시에 부동산 업체 안내서에 들어 있는 약도를 판독해 보려 했다. 올더 로, 제퍼슨 로, 체스트너트 가, 오크우드 가, 링컨 파크웨이, 해밀턴 레인. 한때 전형적인 가족들이 거주했던 전형적인 단독주택들 사이로 뻗은 전형적인 거리의 전형적인 이름이었다.

정원 대부분은 관리가 부실했고, 잡초가 무성했다. 얼마나 오랫동안 이랬을까? 어떤 정원에는 정체를 알기 힘든 형상들이 잔디 위로 곧게 솟아 있었다. 뒤틀린 채 거대한 태아들이 태어나기를 간절히 원하며 형태를 갖추고 있었다.

실은 환상적인 모습이었다. 차를 멈추고 내려서, 태아들에게 다가가서 만져보고 이 기묘한 생장물 하나를 상세하게 조사하고 싶은 생각이 머릿속에 떠올랐다. 전혀 다른 상황에서 봤더라면 나는 그것들을 아주 좋아했을 것이다. 편안하고 느긋하게 이 거리를 산책하며 매료되었을 것이다. 어떤 역겨움이 드는 것은 사실이었지만, 열광적이고 기분 좋은 역겨움이었다.

하지만 현실은 모든 것이 거꾸로였다. 우리가 바로 저 매력적인 생장물, 광인들이었다. 건강한 세상에서 유일하게 아픈 영혼들이었다. 이제 우리 뒤에 안전한 일상은, 되돌아갈 정상 지대는 없었으며 유일한 길은 앞으로만 나 있었다.

우리가 하는 짓은 문명인의 행위가 아니야. 그건 나도 알아. 하지만
그 일은 자네에게도 틀림없이 일어났어. 자네는 나와 똑같이 어느
날 잠에서 깨서 갑자기 숙명을 깨달았던 게 틀림없어. 우리가 더는
문명화된 시대에 살고 있지 않다는 걸.

스킵이 소스트에서 나를 데리고 나온 지 6개월이 지난 1997년 5월 11일 저녁 늦게, 우리는 밀 로드 2139번지에 도착했다. 이제 남동생 이야기를 할 때가 되었다.

크리스토퍼는 내가 네 살 때였던, 1982년 10월 12일에 태어났다. 엄마는 언제나 크리스토퍼는 아빠가 없는 아이라고 말했기 때문에 나는 그냥 배다른 동생이라고만 짐작했다. 어느 의사가 기억난다. 군복을 입고 파란 장갑을 낀 남자였다. 그는 담요로 감싼 작은 아기를 품에 안고 내게 말했다. *미셸, 이 아이는 네 남동생이야.* 그러나 크리스토퍼에게는 문제가 있었고, 사람들은 곧 그 사실을 알았다. 동생은 뇌에 문제가 있었다. 그래서 세 살도 되기 전에 서른 번이 넘게 수술을 받았다. 내가 일곱 살 때, 엄마가 공군에서 해고당함과 동시에 도우미들이 사라졌다. 결국 외할아버지가 나에게 크리스토퍼의 기저귀를 가는 법과 옷 입히는 법, 그리고 무엇을 어떻게 먹여야 하는지를 가르쳐주었다. 외할아버지는 크리스토퍼를 스킵이라고 불렀다.

또 다른 기억 하나: 나는 아홉 살이었고 우리는 북부 리버태리어의 폐선장에 있던 엄마의 캠핑카에서 살고 있었다. 엄마는 차에서 주머니칼로 케이블의 신경돌기를 꺼내고 있었다. 스킵은 다섯 살이었다. 잔해 사이에서 스킵과 놀다가 나는 키드 코스모 인형 하나를 찾아냈다. 작은 플라스틱 피규어였다. 스킵은 키드 코스모를 좋아했고, 에피소드를 모두 보았다. 그래서 우리 둘이 놀 때 스킵은 언제나 키드 코스모였고 나는 키드 코스모의 동료인 우주 고양이 애스터 경이었다. 엄마가 자기에게 돈을 주는 남자들 가운데 한 놈과 나가서 집에 없는 저녁마다, 나는 스킵을 붙들고 키드 코스모와 애스터 경 이야기를 꾸며내곤 했다. 스킵이 잠들 때까지 자리에 누워서 그 둘의 용감무쌍한 은하계 탐험 이야기를 속삭여주었다. 나는 스킵에게 그 장난감을 주었고, 그 후로 스킵은 어디에나 장난감을 가지고 다녔다. 1년, 어쩌면 그보다 더 후의 어느날에 나는 캠핑카 바닥에 의식을 잃고 쓰러진 엄마를 발견했다. 나는 도움을 청하려고 스킵의 손을 잡고 시골길을 따라 5킬로미터를 걸었다. 엄마는 1년이 지나서 홉스에 있는 병원에서 죽었다. 지역 사회복지과가 스킵을 데려갔고 나는 킹스턴에 있던 외할아버지 집으로 가게 되었다.

스킵이 나를 데리러 소스트에 왔을 때, 그 도시는 송두리째 파괴되어 있었다. 나는 맞은편 집에 살던 스타일스 양이 무장한 남자들 한 패거리에게 거리로 끌려 나와서는 총살당하는 광경을 목격했다. 테드는 한 주 동안 강둑 아래에 누워 있었다. 어맨다는 오래전에 떠났고 까맣게 타버린 내 마음은 소스트의 황량한 거리 어딘가에 산산이 부서진 채 버려져 있었다.

나는 며칠 동안 아무것도 먹지 못했다. 먹을 것이 없어서가 아니었다. 식료품 저장실은 통조림과 오래된 파스타로 가득했지만, 나는 죽기로 결심했던 것이다. 기억이 그리 잘 나지 않지만 나 스스로의 결심이었다고 믿고 있다.

나는 어떻게 스킵이 키드 코스모 캐릭터로 만든 드론 로봇을, 또 내가 사는 곳을 찾아냈는지 알지 못하지만, 10년 전 남동생에게 주었던 것과 똑같은 장난감을 품에 안은 노란 로봇이 차고 진입로에 서 있는 걸 보고 나는 바로 알아차렸다. 스킵, 너니. 내가 말하자 노란 로봇은 고개를 끄덕였다.

네가 찾는 그 키드 코스모 되게 멋있다. 나는 이렇게 말한 뒤 진입로에 앉아서 울기만 했다.

말했던 대로, 테드는 한 주 동안 강둑 아래 파라솔 밑에 누워 있었다. 우리가 테드의 낡아빠진 코롤라를 타고 소스트를 떠났을 때에는 독수리 떼가 이미 테드의 몸뚱이 대부분을 먹어치웠지만, 뉴로캐스터의 뿔 모양 돌출부 아래에서 그의 입은 여전히 꿈을 꾸는 사람의 입처럼 움직이고 있었다.

밖에서 잇달아 일어난 둔탁한 충격으로 집이 흔들렸다. 바닥이 발밑에서 진동하자 나는 생각할 겨를도 없이 몸을 던져 침대에 누워 있던 앙상한 소년을 껴안았다. 저 바깥에서 거대한 물체가 움직이는 동안 페인트와 회반죽이 벗겨져 떨어진 조각들이 우리 위로 비 오듯 쏟아졌다. 나는 눈을 감고 지붕이 무너지기를 기다렸다. 마지막 강력한 충격이 집을 휩쓸고 갔고, 유리로 된 무엇이 바닥 어딘가에 떨어져 산산이 부서진 다음, 조용해졌다. 나는 품에 소년을 안고 누워 있었고, 들리는 거라곤 소년이 쓴 뉴로캐스터의 팬이 희미하게 윙윙거리는 소리뿐이었다.

마침내 나는 고개를 들어 조심스럽게 소년의 머리를 내쪽으로 돌린 다음 뉴로캐스터 가장자리 바로 아래인 한쪽 귀 뒤에서 길쭉하고 빛나는 수술 흉터를 찾아냈다. 나는 잠시 앉아서 소년의 손만 잡고 있었다.

스킵은 지역 사회복지과에서 보낸 차 뒷자리에 앉아 킹스턴을 떠났을 당시에 나이가 여섯 살이었다. 내가 포인트 린든 밀 로드 2139번지의 침대에서 들어 올렸을 때의 스킵은 열네 살이었다. 그 사이에 스킵이 무슨 일을 겪었는지 나는 조금도 알지 못한다. 스킵의 몸은 너무나 가벼워서, 뉴로캐스터가 가장 무거운 부위처럼 느껴지다시피 했다. 나는 스킵이 죽었으리라 생각했다. 여기에 얼마나 오랫동안 누워 있었는지 알 수 없었으니까. 나는 스킵을 욕실에 데리고 가서 수건으로 제일 더러운 오물만 닦아낸 다음, 오랫동안 스킵의 뺨에 손을 대고 앉아서 내 손 끝에 전해지는 스킵의 심장 박동을 느꼈다.

덜컹거리는 소리에 나는 산탄총을 붙잡으려 했다. 알고 보니 스킵이 여전히 노란 로봇을 조종하고 있었다. 노란 로봇은 부엌을 돌아다니다가 욕실로 들어와서 우리 앞에 섰다. 과일 통조림들을 품에 안고서.

우리는 포인트 린든의 버려진 편의점에 있다. 나는 스킵에게 통조림을 먹였고 광천수도 마시게 했다. 나는 스킵을 위해 맞은편 운동용품점에서 새 옷과 새 운동화를 가져왔다. 나는 아직 스킵의 뉴로캐스터를 벗겨내지 않았다. 스킵은 먹을 것을 잘 먹고 게워내지도 않지만, 뉴로캐스터를 벗길 엄두가 나지 않는다. 아직은. 나는 버짓을, 테드가 뉴로캐스터를 벗겨내자마자 바로 소파에 쓰러졌던 버짓의 모습을 여태 머릿속에서 떨쳐버리지 못했다. 머잖아 나는 스킵의 뉴로캐스터를 벗길 수밖에 없을 것이다. 카약에는 두 사람만 탈 수 있다. 게다가 로봇은 고장이 날 텐데, 그런 일이 벌어지면 어떻게 해야 할지 알지 못한다. 그렇다. 곧 우리는 바닷가로 내려가야 하고, 그때 뉴로캐스터는 벗겨져 있어야 한다. 내일 아침 일찍 그래야 한다. 그때 뉴로캐스터를 벗겨낼 것이다.

PACIFIC

OCEAN

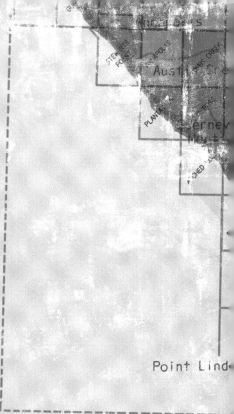

Point Lind

OCEAN

Naval Ai

PACIFIC

OCEAN

바다
THE SEA

후원한 사람들

아트 컬렉터

Ben Curry, David Geisler, Guillermo Del Toro, Jochen Weidler, Mattias Geisler

드론 조종사

Adam Dahlstedt, Albert Carbone, Andrew Bleecker, Andy Marriott, Anthony Perrett, B Posthumus, Brian Ng, Christofer Frogren, Christoffer Gramming, Dakota Potts-Krammes, Dan Preston, Daniel Sjoberg, Darren Douglas, Dave Glennon, David Walker, Erik Franzen, Frida Warja, Jakub Rozalski, Jan Mattsson, Jason Chen, Jerome Braune, Johan Moverare, Jonathan Anning, Justin Calvert, Kirk Fredrichs, Kris Alexander, Lee Davies, Matthew Reeve, Milford Coppock, Patrik Appelros, Petter Bengtsson, Rauli Sulanko, Rudy Jahchan, Sarah Kennington, Simon Oudiette, Spencer Hurley, Tam Mcdonald, Tessa Howe, Thomas Lutz, Thomas Owen, Thomas Thyberg, Tobias Seifert, Trond Elias Eide Roaas

센터 에이전트

A V Jones, Aaron Leiby, Aaron Sagan, Aaron Schaefer, Abdul Hadi Sid Ahmed, Abdullah-Yahya Malik, Abigail Scott, Adam Carl Johnson, Adam Cecchetti, Adam Muto, Adam SmitH, Adrian Esdaile, Adrian Finol, Adrian Grunberg, Adrien Cho, Ævar Þor Benediktsson, Aidan Cantwell, Aiden Coutts, Aj Jefferies, Aj Taylor, Ajay Narain, Al Campbell, Alan Coffman, Alan Coholan, Alan Kertz, Alastair Roots, Albin Wagemyr, Alcover Thill, Aldo Yoplac, Aleksandar Nikodin, Aleksandra Kasman, Alex Boehm, Alex Bond, Alex Hutchinson, Alex Mcgregor-Jones, Alex Roberts, Alex Ushijima, Alex Williams, Alexander Arvidsson, Alexander Cugler, Alexander Cumming, Alexander Gent, Alexander Pope, Alexander Tuuloskorpi, Alexandre Akkus, Alexis Krcek, Alexis Roucourt, Alfredo Correcher Ros, Alun Wyn, Anatol Heinrich, Anders Hovmoller, Andrea Repele, Andreas Bøttger, Andreas Eldh, Andreas Follmann, Andreas Hopman, Andreas Johansson, Andreas Martens, Andreas Olsson, Andreas Plesner, Andreas Poehlmann, Andreas Thoren, Andrew Beirne, Andrew Brockway, Andrew Campbell-Howes, Andrew Crane, Andrew Critchfield, Andrew Fergus, Andrew Glass, Andrew Godde, Andrew Karlson, Andrew M Wild, Andrew Mohr, Andrew Neeld, Andrew Rauhauser, Andrew Scarr, Andrew Sullivan, Andrew Walker, Andrew Watkins, Andrew Vessey, Andrew Wilchak, Andy Armstrong, Andy Nolan, Andy Wild, Ange Albertini, Anie Egaas Bøhren, Anna Holmes, Anthony Hibbert, Anthony Peake, Anthony S Cary, Anthony Waters, Antoine Fink, Antti Ruuhijarvi, April White, Arne Michal Paulsen, Arran Green, Artem Goutsoul, Arthur Davis Iii, Arthur Morris, Audun Løvlie, Aupetit Florian, B. Reister, Barry Sanel, Bear Stone Productions Ab, Becky Eliastam, Ben Cranks, Ben Dawley, Ben Lewis-Evans, Ben Love, Benedict Daniels, Benjamin Arnall, Benjamin Gunderson, Benjamin Paier, Benjamin Soileau, Benoit Baliguet, Bernd Kilga, Bernd Marbach, Beth Caradine, Bhargav Nookala, Bill Doyle, Bjorn Holmer, Bjørn Egil Johansen, Bjorn Ehlert, Bjorn Glimmra, Bjorn Martensson, Bonnie Peterson, Brad Britt, Brad Collier-Brown, Brad Denby, Brad Landry, Brad Nawrocki, Bradley G Wherry, Bradley Weiers, Braeden J Lynn, Braeden Shosa, Brandon Brechue, Brandon Hadeen, Brandon Metcalf, Brenda Ward, Brendan Walsh, Brent Disbrow, Brent Medling, Brent Sieling, Brian Karlsson, Brian Krulik, Brian Lio, Britta Lindqvist, Bryan Collas, Bryan Considine, Bryan Mcdowall, Bryon D Ellsworth, Bard Holtbakk, Caden Adam, Caillon David, Callum Tweedie-Walker, Calum Macaulay, Carl Evanth, Carl Franklin, Carl Hornborg, Carl Rigney, Carl Tilstam, Carl Wilson, Carl Zettergren, Carl-Martin Pershed, Carlos Saldanha, Carolyne Garbas, Carsten Ullrich, Casey Callender, Cato Vandrare, Ceron Andrea, Chad Shattuck, Charles Arnold, Charles Emlen, Charles Wies, Charles Wilkins, Cherno Jallow, Chialung Sun, Chloe Dickson, Chris Dardis, Chris Deibler, Chris Drackett, Chris Elliott, Chris Harris, Chris Howman, Chris Landon, Chris Magnuson, Chris Olson, Chris Sanders, Chris Tate, Chris Welch, Christer Edvardsson, Christian Bikle, Christian Eriksson, Christian Grajewski, Christian Laroche, Christian Trondman, Christian Wallin, Christian Alvestam, Christina Estrup, Christoffer Andersson, Christopher Conroy, Christopher Fleming, Christopher Ford, Christopher Holmes, Christopher Jeffers, Christopher K Grap, Christopher Lawson, Christopher Neumann Ruud, Christopher Peate, Christopher Powers, Christopher Shaw, Christopher Smith, Christopher Smoth, Christopher Stenseth, Christopher Walton, Cinda Russell Lybarger, Ciro Franca De Lima, Clay Renfroe, Clint Doyle, Cody Lodi, Colin B Gallant, Colin Booth, Colin Nordstrom, Conan Dooley, Conrad Froude, Constance R Sowards, Cosimo Caputo, Craig Addy, Craig Baker, Craig Gonzalez, Craig Stevenson, Cris Velasco, D'agostino Julian, Damian Campeanu, Damian Dhar, Dan Dorman, Dan Harboe Burer, Daniel Chen, Daniel Cherubini, Daniel Dillard, Daniel Garcia Martin-Mora, Daniel Gould, Daniel Hagan, Daniel Holub, Daniel Jones, Daniel L Hughes, Daniel Leyland, Daniel Nilsson, Daniel Norton, Daniel Padinha, Daniel Poineau, Daniel Smith, Daniel Svahn, Daniel Yanko, Danielle Deslauriers, Danny Lee, Danny Marquardt, Darren Beeching, Darren Burrows, Darren James, Darren Sutherland, Dave Dall, Dave Oldfield, David, David Anderson, David Burkett, David Chen, David Cooley, David Cullinan, David Elwell, David Hagman, David Hasler, David Herrera, David Holmgren, David Horowitz, David Mayer, David Mitchell, David Moreau, David O'neill, David Pearl, David Peters, David Rasmusson, David Seaman, David Sherman, David Simkin, David Sinclair, David Steer, David Saflund, David Wood, Dawn Valley, Dean Davies, Delaunay Romain, Deniz Gurbuz, Dennis Antonsson, Dennis Persson, Derek Baxter, Devin Harrington, Devon Fay, Dina Samuelsson, Disa Dahlman, Dittmar Frohmann, Dmitri Beldeninov, Dmitry Chirikov, Dominic Luxton, Dominic Peterson, Dominik Buss, Dominik Jurkewitz, Don Atchison, Dona Du, Donald Hopkins, Doug Williamson, Douglas Danger Manley, Douglas Loader, Douglas Wallace, Dov Kelemer, Dr Jonathan Thursfield, Dr. Nic Anderson, Drew Cuttle, Drew Hart-Shea, Drew Pearce, Dror Arasheven, Duncan Mckissock, Dustin Rector, Dylan Distasio, Dylan Mayo, Ed Jamison, Edward Leron Culbreath, Edward Rice-Howell, Edward Wagner, Ekizache Fooxua, El Jazouli Kevin, Eliana Mundula, Elie Dubois, Elina Sellgren, Eliot Peper, Ellen Dam, Elvis Rowe, Emerson Smith, Emil Axelsson, Emil Marklund, Eric Flyckt, Eric Kapalka, Eric Peacock, Erica Schmitt, Erik Albert, Erik Bravander, Erik Clignett, Erik Dahlberg, Erik Dyrelius, Erik Gregeborg, Erik Lavander, Erik Lobeck, Erik Martinsson, Erik Walter, Erik Van Eykelen, Erin Cullen, Erin Lee, Erwin Jaquez, Ethan Hiley, Ethan Smith, Eva Schiffer, Evan Atherton, Ewen Roberts, Ezco Uab, Fabian Otte, Fabian Ahrberg, Fabrice Moyencourt, Faisal Adhami, Fanny Gould, Federico Martini, Fehmi Ozkan, Felipe Lassen, Felix Thomas, Fery Claude, Filipp Lepalaan, Finn Arne Jørgensen, Fiona Sothcott, Florian Passelaigue, Florian Stelter, Florian Zeiter, Fontaine Cedric, Fox Miller Hubnik, Francesco Algostino, Frank Pocklington, Franklin Crosby, Frederi Pochard, Frederik Lange, Fredrik Andersson, Fredrik Andersson, Fredrik Arbegard, Fredrik Bergqvist, Fredrik Hampling, Fredrik Johansson, Fredrik Larsson, Fredrik Moller, Fredrik Olsson, Fredrik Sandborg, Fredrik Segerback, Fredrik Stridsman, Fredrik Sundqvist, Frisly Soberanis, Fryda Wolff, Gabriel Bonander, Gabrielle Banks, Gaulthier Gomes-Leal, Gedeon Jorgen, Geir Mogen, George Fox, George Munteanu, George O'quinn, George Sadlier, Gerald Ehmann, Gerard Thomas, Gerin Victor, German Buitrago, Gerry Conway, Gerry Mccabe, Gianpietro Casati, Gijsbert Dos Santos, Grant Cooley, Greg Baguley, Greg Hogan, Gregoire Bolduc, Guillaume Luczak, Gunnar Vestin, Haakon Bowitz, Hamish Fraser, Hampus Lideborg, Hanns Joachim Terjung, Hans Ellegard, Hans Hoglund, Hans-Georg Glindemann, Harald Englert, Harald Winkler, Harry Greene, Heather Wojcik, Hector Rodriguez Asperilla, Heiko Wagner, Hektor Holch Rasmussen, Hendrik Praedicow, Henrik Ekblad, Henrik Falk, Henrik Kentsson, Henrik Kristensson, Henrik Kumlin, Henrik Nilsson, Henrik Schlette, Henrik Sjolin, Henrik Wallin, Henry Luciano, Henry South, Herbert Eder, Howard Goodall, Ian Ameling, Ian Edginton, Ian Feole, Ian Ferguson, Ian Richmond, Ingo Schuettenkopf, Isabelle Parsley, Ishmael Abdussabur, Istvan Hever, Ivan Rosique Gonzalez, Ivy Lee, J Hall, J. J. Franzen, J. Smith, Jack Tomalin, Jacob Andersen, Jake Mason, Jakob Bornecrantz, Jakob Dalgaard, Jakob Herold, Jakob Agren, Jameelah Wright, James Briano, James Driscoll, James Henderson, James Milward, James Park, James Schubert, James Thomason, James Villeneuve, Jameson Bugbee, Jamie Home, Jamie Hurt, Jamie Law, Jamie Zawinski, Jan Gouiedo, Jan Heimbrodt, Jan Pieter Blower, Jan Viitanen, Jan-Eric Lauble, Jannik Zschiesche, Jasmine Isdrake, Jason Bubalis, Jason Butterfield, Jason Crase, Jason

Diamond, Jason Gummow, Jason H Luna, Jason Mellin, Jason Murrell, Jason Schonberg, Jason Turner, Jason V Cuenco, Javier Lorca, Javier Riquelme Rodes, Javier Soto, Jay Oliva, Jeff Cochran, Jeff Mentzer, Jeffrey A Rae, Jeffrey Mancebo, Jeffrey Whitehead, Jennie Fernstrom, Jennifer Lammey, Jennifer Seaman, Jens Hollander, Jens Mortensen, Jeremiah Tolbert, Jeremias Raime, Jeremy, Jeremy E Sale, Jeremy Fulton, Jeremy Geros, Jeremy Hinds, Jeremy Lafontaine, Jeremy Medicus, Jeremy S. Kuris, Jeremy Yeo-Khoo, Jerker Mantelius, Jesper Hedlund, Jesper Larsson, Jesper Strandell, Jesper Svehagen, Jesse Kauffman, Jessica Edwards, Jessica Lemay, Jihyeon Lee, Jim Bellmore, Jimmy Kjellstrom, Jimmy Rogers, Jo Jones, Joachim Stahl, Joakim Holmberg, Joakim Malberg, Joakim Rang Strand, Joakim Stocks, Joaquin Loyzaga, Jocelyn Legault, Joe Field, Joe Mcintyre, Joe Muller, Joe Ondrak, Joe Round, Joey Coleman, Johan Burell, Johan Fredholm, Johan Guldmyr, Johan Halse, Johan Israelsson, Johan Kullberg, Johan Lundqvist Mattsson, Johan Oskarsson, Johan Rojerno, Johan Torneheim, John Barton, John E Sommerville, John F Ruiz, John Hawksley, John Hegarty, John Hollowell, John Hunter, John Huszti, John Lee, John Lynch, John Stanhope, John White, John Willsund, John Wisneski, Johnny Renquist, John-Olof Hansson, Johny Einarsson, Jon Dehart, Jon Morris, Jon Robinson, Jon Yates, Jonas Ahrentorp, Jonas Dahlberg, Jonas Salomonsson, Jonatan Neij, Jonathan Cremin, Jonathan Skogsvide, Jorge Bachman, Jose Manuel Martinez, Jose Peraza, Jose Plana, Joseph Connell, Joseph Cruz, Joseph Esposito, Joseph Fillion, Joseph Harrison, Joseph Hutty, Joseph May, Joseph Racke, Joseph Sweeney, Josh Bernhard, Josh Freeman, Josh Johnson, Josh Spry, Joshua Brandt, Joshua Garrett, Joshua Krell, Joshua Sullivan, Jostein Stormo Sund, Julian Schollmeyer, Julien Bigouroux, Justin Fields, Justin Wong, Juuso Haimilahti, Kallie Alexandra Ennever, Kamil Danilczyk, Karen Franz, Karin Willner, Karl Lakner, Karl Sagerstrom, Karl Schmidt, Karl Schulschenk, Karoll Denoyel, Kate Burgess, Kate Hartley, Katsuyoshi Kamijo, Kazuki Suimda, Keith Hodder, Keith Potter, Keith Senkowski, Keith Woeltje, Kenneth Akelis, Kenneth Ishii, Kenny Johansson, Kettil Wigenstedt, Kevin Parichan, Kevin Porcel, Kieran Long, Korjan Van Wieringen, Koya Oneda, Kristen Golding, Kristian Johansson, Kristian Smevag-Olsen, Kristofer Jennsjo, Kristoffer Saxin, Kristoffer Svensson, Kurt Adams, Kurt Stangl, Kyle Burns, Lachlan Nunn, Lars Arnbak, Lars Bengtsson, Lars-Erik Blom, Laura Carberry, Lauren Herda, Laurent Malric, Laute Sebastien, Lee Burnett, Lee Hughey, Lee Robinson, Lennart Tautz, Lennart Wejdmark, Leo Medrano, Lewis Ellington, Li Chih Tsung, Liam Mcgintny, Lindsey Smith, Linus Thunstrom, Loic Bigot, Lorenzo Dutto, Lorin Wood, Lorna Burch, Lou Jacobs, Louis Sementa, Louise Lightfoot, Lucas Henry, Lucas Wilson, Ludovic Hollie, Luis Ricardo Montemayor Cisneros, Luke Giesemann, Luke Theriault, Mads Ellegaard, Mads Petter Kongerud, Magnus Hedsund, Magnus Karrman, Magnus Nordlander, Magnus Nordstrom, Magnus Ramsdalen, Magnus Stalby, Mak Kopcic, Malcolm Angus, Malcolm Weekes, Manish Patel, Manuel Forget, Marc Keiflin, Marc Laliberte, Marc Stampfli, Marcello Bastea-Forte, Marco Heiss, Marco Schmidt, Marc-Olivier Paux, Marcos Caceres, Marcus Denny, Marcus Johansson, Marcus Johansson, Marcus Palm, Marcus Uhrvik, Marian Pramberger, Marie-Anne Charbonnier, Marino A Gallo, Mario Rossignoli, Mark Gray, Mark Hamerlynck, Mark Jackson, Mark Jenkins, Mark Kondracki, Mark Osborne, Mark Quigley, Mark Scholes, Marthe Krane, Martin Doyle, Martin Plachetta, Martin Samuelsson Kvist, Martin Semjan, Martin Vestergaard Kummel, Marvin Kohler, Mascoll Silverstolpe, Mason Smith, Mathew Lomas, Mathieu Leisen, Mats Lundberg, Matt Bowdler, Matt Chapman, Matt Conroy, Matt Hartle, Matt Logue, Matthew Beraz, Matthew Cahill, Matthew Coffer, Matthew Ferrell, Matthew Waddingham, Matthew Valasik, Matthew Vose, Matthias Gall, Matthias Naus, Mattias Marklund, Mattias Vajda, Mattiaz Fredriksson, Matus Nedecky, Maurice Schoenmakers, Max Kielland, Max Walden, Maxwell Dayan, Mel Anderson, Melissa Hansson, Mercedes Binder, Meyer Vincent, Mia Lunkka, Michael Alesich, Michael Brandolino, Michael Conner, Michael Cullum, Michael Denbrook, Michael Desmond, Michael Engstrom, Michael Fincham, Michael Guntsch, Michael Ian Canepa, Michael Jacobs, Michael Laitinen, Michael Marion, Michael Martoccia, Michael Mcnertney, Michael Meltzer, Michael Pettersson, Michael Twomey, Mikael Andren, Mikael Chovanec, Mikael Gustafsson, Mikael Modh, Mikael Vikstrom, Mike Cadogan, Mike Mcginn, Mike Nemetz, Mike Shema, Mike Whelan, Milan Caron, Milosch Meriac, Miquel Angel Munera Sancho, Miranda Krasnova, Mirko Geisshirt, Misko Iho, Mitch Souders, Morgan Christopher Maclellan, Morgan Hedstrom, Morten Gade Liebach, Mr Douglas Shand, Nathan Ladd, Nathan Murphy, Nathaniel Morgan, Nazim Zahaf, Neill Owen, Nicholas Bridger, Nicholas E. Smart, Nicholas Francis, Nicholas Hopkins, Nick Frost, Nick Howard, Nick Oakes, Nicklas Fernstrom, Nicklas Olsson, Niclas Jacobsson, Nicola Russo, Nicolas Monette, Niels Van Dam, Niklas Rydberg, Nikolai Scherbak, Nikolas Kraljevic, Nikolas W. Zihal, Nils Hansson, Niri Bøyesen, Nora Signer, Norbert Franke, Norman Canestorp, Obin And Jessica Robinson, Ola Ekblom, Olaf Blomerus, Olari Aasa, Ole Johan Christiansen, Oleg Girko, Oliver Rennie, Olli Siebelt, Ollie Nees, Olof Sundin, Olov Asengard, Omar Espinosa, Omar Paul Balaguero, Oscar Karlsson, Pablo Sabater, Par Dahlgren, Patrick Chipman, Patrick Ewing, Patrik Lindqvist, Patrik Tennberg, Paul Agnew, Paul Browning, Paul Haygarth, Paul Kinsky, Paul Marion Wood, Paul Metot, Paul Mrozowski, Paul Murphy, Paul Nearney, Paul Rossi, Paul Spandler, Paul Suszko, Paulatai V Sevelo, Peder Bergstrand, Peder Elgaard, Pelle Sten, Per Addenbrooke, Per Froling, Per Gundberg, Peter Borang, Peter Fong, Peter Hanspers, Peter Lada, Peter Nordlund, Peter Sandell, Peter Schnakenberg, Peter Steedman, Peter Stromberg, Peter Soderbaum, Peter Teigene, Peter Vilhelm Silvert Nielsen, Petr Vochozka, Petteri Sulonen, Phil Elliott, Phil Vachon, Phil Venables, Philip Glass, Philip Gwynn, Philippe Carbonneau, Philippe Poisson, Phong Tran, Pierre Lazarevic, Pierre Lundqvist, Pierre-Emmanuel Chatiliez, Pieterjan Spoelders, Pontus Amberg, Qm1 Gabriel Perier, Rafa Hernandez, Ramon Jeruel Van Alteren, Randall Weigner, Raphael Maranon, Renaud Trauchessec, Ricardo Isaque Dos Santos Almeida, Richard Coburn, Richard Eschenroeder, Richard Greenspan, Richard Hempsey, Richard Jones, Richard N Martin, Richard Warden, Richard Ohrvall, Rickard Antroia, Rickard Hakansson, Rickard Malm, Rickard Wiren, Rickey Fergerson, Ricky Shum, Riley Camsey, Rob Cater, Rob Cunningham, Rob Napier, Rob Nero, Rob Wilson, Robb Gardner, Robert Adams, Robert Bloom, Robert Carlsson, Robert Henrysson, Robert Killheffer, Robert Kostinger, Robert Sjoden, Robert Sjostrand, Robert Wallerblad, Robert Yarwood, Roberth Karman, Robin Hansson, Roland Lidstrom, Rolf Rander Næss, Roman France, Ronald D Drynan, Ronny Jakobitz, Ross 'Marquis' Lewis, Rudy Jahchan, Ryan Kjolberg, Ryan Motz, Ryan Tomlinson, S Joshua Stein, S. Valk, Sam Easton, Sam New, Sam Stewart, Sam Williams, Samuel M Grawe, Samuel M Kurland, Samuel Scurfield, Sara Deroy, Sara Paige, Sarah Fowell, Sarah Roberts, Scott Bates, Scott Downes, Scott Fowler, Scott Wilson, Sean Anderson, Sean Canning, Sean Donaway, Sean Harkin, Sean Logue, Sean Mcloughlin, Sean Steder, Sean Thiers, Sebastian Haraldsson, Sebastian Hennig, Sebastian Laas, Sebastian Reichert, Sebastian Schiller, Secret Exit Oy / Jani Kahrama, Seth Davis, Seth Rutledge, Shadrock Roberts, Shaun Dunne, Shawn Francke, Shoan Jamshidi, Shouta Uchida, Sigurd Bernhardsen, Silvan Vogelsanger, Silver Rask, Simon Bachmann, Simon Batistoni, Simon Cooper, Simon Hischier, Simon J Halder, Simon Johansson, Simon Jolly, Simon Ottervald, Simon Parisse, Simon Sams, Simon Scott, Simone Barisonzi, Skye Alcorn, Spencer Polk, Staffan Rosenberg, Stanislav Saranchin, Stefan Andersson, Stefan Bjork-Olsen, Stefan Borell, Stefan Brodin, Stefan Carollo, Stefan Haubold, Stefan Klefisch, Stefan Lannbrink, Steffen Toksvig, Sten Nordstrom, Steph Thirion, Stephan Bischoff, Stephan Walsch, Stephane Sigouin, Stephen Barber, Stephen D Rynerson, Stephen Drop, Stephen Jensen, Stephen Miller, Stephen Sampson, Stephen Specht, Sterling Frank, Steve Frascht, Steve Giovannetti, Steve Northcutt, Steven Cummings, Steven Danielson, Steven Johnson, Steven Siew, Stuart Preece, Sunya Dickman, Susan Gist, Susanne Moller, Szalay Tamas, Søren Niedziella, Tarek Hijaz, Taylor Shawyer, Tevy Dubray, Theo Putger, Theodore

Cullen, Thevenot Nathalie, Thijs Vriezekolk, Thomas Christensen, Thomas Desrut, Thomas Klimas, Thomas Marstrander, Thomas N Payne, Thomas Paillaugue, Thomas Vincent-Townend, Thorgal Kristensson, Tim Campbell, Tim Kilaker, Tintin Fischier, Tobias Ander, Tobias Biehl, Tobias Evers, Tobias Henriksson, Todd Stephens, Todd Vaughn, Tom Andersson, Tom Gammons, Tom Sellick, Tomas Andersson, Tomas Edlund, Tomas Eriksson, Tomas Myrekrok, Tomasz Dziel, Tomasz Kowalczewski, Tommy Hovik, Tommy Manstrom, Tony Arrow, Tor Karlsson, Torbjorn Bergstedt, Torbjorn Blixt, Tore Teksle, Travis Campbell, Travis Freeman, Trent Brown, Treve Hodsman, Trevor Williams, Ture Bofeldt, Tyler Lund, Tyler Nieman, Uffe Vind, Ulf Bjurstrom, Ulf Hillebrecht, Ulf Persson, Valente Munoz, Walter Marsh, Walther K.H Brandl, Warren Lerner, Wayne Haag, Vegard Stenhjem Hagen, Werner Hartmann, Viking Henter, Will Hoffner, Will Hyde, Will Lybrand, Will Slade, Ville Alatalo, Ville Pajukoski, William Barber, William Jones, William Stewart, William Timberman, Wilson Thomas, Vincent Bryant, Vincent Raymond, Vlad Zheleznyak, Xavier Fonder, Yasmin Yonan, Yifan Zhang, Ying Han Wang, Yoel Roth, Yusaku Sugai, Zach Burch, Zach Schlappi, Zach Stone, Zachary Westpfahl, Zeyu Zhu, Zores, Øystein Solberg

옮긴이 | 이유진

한국외국어대학교 대학원 영어영문학과와 스웨덴 스톡홀름대학교 문화미학과에서
문학석사 학위를 받았다. 노르웨이, 덴마크, 스웨덴 문학작품을 우리말로 옮기고 있으며,
대표적인 역서로는 『내 안의 새는 원하는 곳으로 날아간다』, 『터널』, 『혜성이 다가온다』,
『마법사가 잃어버린 모자』, 『보이지 않는 아이』, 『최면전문의』 등이 있다.

일렉트릭 스테이트

1판 1쇄 펴냄 2019년 5월 8일
1판 2쇄 펴냄 2021년 10월 22일

지은이 | 시몬 스톨렌하그
옮긴이 | 이유진
발행인 | 박근섭
편집인 | 김준혁
펴낸곳 | 황금가지

출판등록 | 2009. 10. 8 (제2009-000273호)
주소 | 06027 서울 강남구 도산대로 1길 62 강남출판문화센터 5층
전화 | 영업부 515-2000 편집부 3446-8774 팩시밀리 515-2007
홈페이지 | www.goldenbough.co.kr

도서 파본 등의 이유로 반송이 필요할 경우에는 구매처에서 교환하시고
출판사 교환이 필요할 경우에는 아래 주소로 반송 사유를 적어 도서와 함께 보내주세요.
06027 서울 강남구 도산대로 1길 62 강남출판문화센터 6층 민음인 마케팅부

한국어판 ⓒ㈜민음인, 2019. Printed in Seoul, Korea
ISBN 979-11-5888-516-8 03890

㈜민음인은 민음사 출판 그룹의 자회사입니다.
황금가지는 ㈜민음인의 픽션 전문 출간 브랜드입니다.

PASSAGEN

by Simon Stålenhag